中华魂
ZHONGHUA HUN
百部爱国故事丛书

建造中国的“通天塔”

——著名数学家华罗庚

郭顺益　编著

吉林人民出版社

图书在版编目（CIP）数据

建造中国的“通天塔”：著名数学家华罗庚 / 郭顺益编著 . -- 长春：吉林人民出版社，2011.3（2021.8 重印）
（中华魂·百部爱国故事丛书）
ISBN 978-7-206-07561-2

Ⅰ . ①建… Ⅱ . ①郭… Ⅲ . ①故事－中国－当代
Ⅳ . ① I247.8

中国版本图书馆 CIP 数据核字 (2011) 第 032608 号

建造中国的“通天塔”
——著名数学家华罗庚

JIANZAO ZHONGGUO DE “TONGTIANTA”
——ZHUMING SHUXUEJIA HUA LUOGENG

编　著：郭顺益
责任编辑：李沫薇　　封面设计：孙浩瀚
制　作：吉林人民出版社图文设计印务中心
吉林人民出版社出版 发行（长春市人民大街7548号　邮政编码：130022）
印　刷：北京一鑫印务有限责任公司
开　本：787mm×1092mm　1/16
印　张：8　　字　数：64千字
标准书号：ISBN 978-7-206-07561-2
版　次：2011年3月第1版　　印　次：2021年8月第2次印刷
定　价：35.00元

如发现印装质量问题，影响阅读，请与出版社联系调换。

总　序

《中华魂》是一套故事丛书。它汇集了我国自鸦片战争以来一百八十余年间的近百位民族英雄、仁人志士、革命领袖、先进模范人物的生动感人事迹，表现了他们作为中华儿女的伟大的爱国主义精神。

爱国主义是人们对于“生于斯、长于斯、衣食于斯”的祖国的一种神圣感情，是人们对于自己民族的一种强烈的责任感和使命感，是感召和激励整个中华民族的一面永不褪色的旗帜。在一百多年的中国近现代史上，爱国主义一直激励着中华儿女为祖国的独立、统一、进步和繁荣而英勇奋斗。从“苟利国家生死以，岂因祸福避趋之”的林则徐，到“我自横刀向天笑，去留肝胆两昆仑”的谭嗣同；从“铁肩担道义，妙手著文章”的李大钊，到“青春换得江山壮，碧血染将天地红”的赵一曼；从“县委书记的好榜样”的焦裕禄，到“问鼎长天，扬我国威”的邓稼先……都表现出了强烈的爱国主义精神。正是由于热爱祖国的人们前仆后继地奋斗，国家和民族才得以生存，才能够在一次次历史危急关头转危为安，走向兴盛和富强，从而屹立于世界民族之林。爱国主义是鼓舞中华儿女历经忧患、跨越沧桑、百折不挠、自强不息的伟大力量，它贯穿于中华民族的整个历史，并有力地凝聚着五洲四海的中国人。

爱国主义是一个历史的范畴，在社会发展的不同阶段、不同时期有不同的具体内容。革命时期，需要我们为祖国的独立自主出生入死；建设时期，需要我们为祖国的繁荣富强增砖添瓦。在全国各族人民团结一心，开启全面建设社会主义现代化国家新征程的今天，我们要争做一名新时期的爱国者。新时期的爱国者要有强烈的民族自尊心、自豪感。民族自尊心、自豪感是任何时期、任何爱国者都必须具备的情感。民族自尊心能增强我们自立向上的恒心，民族自豪感能树立我们建设祖国的信心。要树立“祖国高于一切”的崇高信念，为了祖国和人民的利益不惜抛却个人的利益，甚至不惜牺牲个人的生命。我们要树立终身学习的理念，拓宽自己的知识面，广泛吸收新知识、新技术，完善自身的知识结构，更新学习知识的方法与理念，从思想上、知识上充分武装自己，为祖国的繁荣昌盛贡献力量。

爱国主义思想的继承和发扬，是关系到民族盛衰、国家兴亡的根本问题。爱国主义思想情操的形成，需要不断地培养。培养爱国主义精神的一个重要途径是向英雄人物和典范事迹学习和致敬。这套丛书的出版,对于青少年向英雄和先进人物学习,特别是对于在中小学生中进行爱国主义教育是不可多得的生动的教材。祝愿此书出版发行成功,为培养时代新人做出贡献。

胡维革

中华魂

百部爱国故事丛书

编 委 会

策 划：胡维革 吴铁光

林 巍 冯子龙

主 编：胡维革 邢万生

副主编：贾淑文 杨九屹

编 委：（按姓氏笔画为序）

于二辉 刘士琳

刘文辉 孙建军

李艳萍 吴兰萍

谷艳秋 隋 军

尽心尽力为祖国。

——华罗庚

目　录

中华魂 百部爱国故事丛书
ZHONGHUA HUN

破土而出的松苗

在江苏省的太湖之西，坐落着一个名叫金坛的小县城。小城里有一座石拱桥，名叫清河桥。桥下有一个只有一间门面的小杂货铺。店主人叫李瑞栋，人称华老祥，原是丹阳县人。年轻的时候，曾参加过辛亥革命，反对过帝制，经营过一个丝绸店。后来，不幸失了一把火，家产付之一炬。他从废墟上爬起来，收

华罗庚

拾了一下残存的家当，经过一番奔波，在桥下开了这家名叫“乾生泰”的小杂货铺。他每年代人收购一次蚕丝，平时卖些针线、香烟、火柴之类的东西，挣点钱维持一家三口人的生活。

1910年11月12日，华老祥的家里忽然传出了婴儿落地的啼哭声。那一阵阵洪亮、清脆的啼哭声，划破黑沉沉的夜色，仿佛在向人们宣告：一颗将要在数学的天空里闪耀半个多世纪的、光彩夺目的巨星，就要从这间小小的陋室里升起来了。

小时候，华罗庚就喜欢思考问题，喜欢寻根究底，在一般人看来，还以为他是一个傻子，竟给他起了个“罗呆子”的绰号。有一年，金坛县城举行庙会，有许多“菩萨”骑着高头大马在街上行走，“菩萨”所到之处，老百姓无不下拜磕头，祈求“菩萨”救苦救难。小华罗庚也夹在人群中看热闹。

“菩萨真是万能的神吗？”他翘首望着那不断双手合掌、头上扎满了鸡毛的菩萨偶像好奇地想。

闹了大半天，庙会散了，老百姓也都各自回家了。

“罗罗呢？”过了很久，街上已经没有人了，华老祥和老伴还不见他们的儿子回家，老两口和女儿莲青急坏了，大家分头到街上、邻居家去找寻，东找西找，找来找去仍不见踪影。

“你见到我弟弟了吗？”莲青跑去问站岗的警察说，她找不到弟弟，难过地哭了。

“呵——罗呆子？他丢不了，你放心，他会回来的！”巡警很有把握地安慰她说。

傍晚时分，华罗庚果然洋洋得意地回到了小店里。

“你到哪里去了？这么晚才回来？”父亲生气地问。

“我到青龙山的庙里去了，‘菩萨’原来是假的，是人装扮的！”

他像发现了奇迹一般得意地说。

“妈，你往后不要给‘菩萨’磕头了，‘菩萨’是骗人的！”

“哎呀，罪过，小孩子家懂得什么？”父亲训斥说。

原来，华罗庚在庙会上看见那么多人求“菩萨”保佑，心想：“菩萨”真有那么大的神通吗？于是便对那个坐在马上眯缝着双眼、一声不吭、受万人朝拜的偶像怀疑起来了，“‘菩萨’究竟是人还是鬼呢？”有了这个想法以后，他一定要寻根究底地把这个问题弄个水落石出。于是，便不顾一切地跟了七八里路，一直亲眼看见“菩萨”卸了妆，弄清了“菩萨”是人装的，并不是神，这才回了家。

发掘数学天才的伯乐

小学毕业后，父母望子成龙，于1922年把华罗庚送进了刚刚成立的金坛县立初级中学读书。在这里，他受到了很有才华的数学老师王维克的精心培养。

王维克，常州金坛人，生于1900年。他1917年考入南京河海工程学校（今河海大学前身），后转赴上海大同大学学习数理，毕业后入震旦大学专修法语。1925年，他与一批同学到法国留学，在巴黎大学学习数学、物理、天文，成为举世闻名女科学家居里夫人的第一位中国学生。王维克爱好文学，是但丁《神曲》的翻译者。

华罗庚在金坛县中学习时，因字写得不好，时常受到语文教师的训斥，王维克却对他另眼相看。一次，金坛县中的几位教师在一起品评学生，一位语文教师带着轻蔑的语调说："成绩好的学生都到省城里念书去了，剩下来的都是些蹩脚货！"王维克听后反驳道："不见得吧，依我看，华罗庚就很不错！""哼，华罗庚！就凭他写的那像蟹爬一样的字，也谈得上前程远大?""当然喽，华罗庚的字写得确实不好，将来成为书法家的可能性很小，但他在数学方面天赋很好，很有培养前途。”“何以见得呢，维克兄?”“起初，我和诸位的观察一样，也发现他的字写得歪歪扭扭，很潦草。数学作业本也写得很不整洁，常常乱涂乱改；后来细看发现，许多涂改的地方正是反映了他在解题时探索的多种路子。”

一次课余，王维克给几个喜欢数学的学生进行学习辅导，华罗庚也在一旁听。王维克给他们讲一道被

王维克

称为“孙子定理”的历史名题：“今有一物，不知其数。三三数之剩二，五五数之剩三，七七数之剩二。问物几何?”此题看上去似乎并不深奥，几个同学自然跃跃欲试，可要真正解出来却不那么容易，不一会他们都耷拉下了脑袋。这在王维克的意料之中，他说：“我之所以提出这道名题，只不过是让同学们知道我国古代数学史上有这一道名题，当年韩信点兵时，就曾运用过这个方法。要想解它，需用‘剩余定理’。这对你们初中生来说，确实是一堵难以逾越的高墙呵！”突然，在旁的华罗庚打破沉寂：“老师，这个数是23。”此时，同学们的目光一下都集中到了华罗庚身上。王维克眼里露出了惊喜的目光，问：“你用什么方法算的?”华罗庚认真地答道：“一个数，用3除余2，用7除也余2，那必定是21加2等于23，用5除刚好是余3，所以23是所要求的数。”王维克惊喜地赞扬了他。

作为享誉世界的数学家，华罗庚对于帮助教导过他的前辈恭敬有加、念念不忘。他不止一次说过：“我能取得一些成就，全靠我的老师栽培！”。

艰难的自学生涯

1925年，在金坛中学毕业后，华罗庚到了上海，上了黄炎培与江间渔创办的“中华职业学校”商科。邹韬奋在这个学校教英文，他很会讲课，华罗庚的英文有了长进。

华罗庚了解到杂志上刊登的文章是别人投稿给杂志社的，只要文章好，不论是谁都可以发表，便暗暗想写文章投稿。遗憾的是，华罗庚只读了一年就辍学回家了。但华罗庚早已显示出自己在数学方面的天赋，他是大鹏，不可能久困于一方池塘。

华罗庚回到家里，一边帮父亲看小店，一边顽强地自学。平时，小店里冷冷清清，偶尔有初中时代的同学从门前经过，有的上了大学，有的找到了好工作，都趾高气扬地挺胸而过，连看也不屑看他一眼。他的心被刺疼了，但无形的压力和讥讽，反而增强了他自学的信心。冬天，他站在西北风窗口上，流着清水鼻涕呆呆地给顾客们拿一卷卷灯草，一根根针，一支支香烟；顾客一走，就又埋头看书和演算起来。没有纸，他就用包棉花的废纸写字、算题，算得入迷的时候，清水鼻涕流下来，他用左手一抹一甩，没有甩掉，就一直挂着，鼻涕结成了冰凌还不知道，右手还在不停地算，不停地写。

夜幕降临了。他把小店上了门板，忘记了一天站柜台的劳累，胡乱吃几口饭，就又赶忙回到自己的那间小木板房里，点起小油灯，继续攻读起数学来。寒冬腊月天，屋顶上积雪盈尺，屋里不生火炉，寒气逼人，他仍然看书写字到深夜，手脚冻得冰冷发僵却全

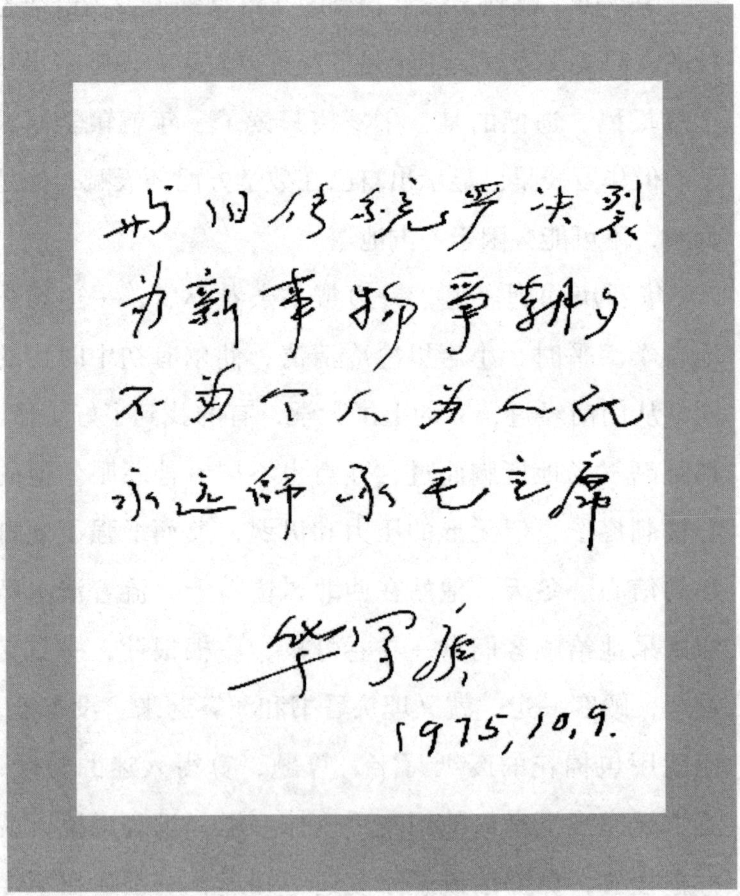
与旧传统观念决裂
为新事物争朝夕
不为个人为人民
永远跟着毛主席
华罗庚
1975,10,9.

然不顾。酷暑季节到了，屋子里热得像蒸笼，他依旧挥汗如雨地不懈地读书，不停地演算。失学以后，他一年四季每天坚持自学10个小时以上，有的时候，一天只睡4小时。有时，为了加深印象，他白天把书上的公式记在脑子里，夜里躺在床上熄了灯，用脑子算，什么时候把题解开了，什么时候点上灯对照答案。

他就是这样，花了大量的心血和汗水，用几年时间一点点地自学了高中三年和大学初年级的全部数学课程，为未来独立研究数论打下了坚实的、牢固的基础。

少年华罗庚很佩服牛顿的钻劲和“傻”劲。他自己在入迷的自学过程中，也闹了不少笑话。

有一年冬天腊月二十九的晌午，天空飘着鹅毛般的大雪，金坛小镇成了银白色的世界，远近不时响起噼啪的爆竹声。一位老乡走进店里，一面抖落浑身的雪花，一面问：

“多少钱一支线？”

这时，全神沉浸在数学中的华罗庚，头不抬，手不停，把刚刚在香烟盒纸上演算的结果脱口而出，说：

“8537291。”

“多少钱？”

“8537291。”

买线的老乡诧异地问道：“一支棉线怎值这么多钱?”

坐在柜台后面的华老祥听了，赶忙走来招呼，可是那一位顾客一气之下竟扭头走了，华老祥顿时火冒三丈，他把儿子手里的书一把夺过来，这时，华罗庚才从数学的迷宫里清醒过来。父亲余怒未消，大声地训斥儿子说：“不好好招呼顾客，整天看书有啥用?”

日复一日，沉醉在数学王国中的华罗庚仍然没有“迷途知返”。有时候，他正在入迷地解数学题，顾客要买东西，喊他他听不见；问他他答非所问。有时候，顾客要买香烟，他拿来的却是火柴，顾客要买棉花，他竟把灯草拿来了。诸如此类的事情，弄得人们啼笑皆非。日子久了，小店的生意大受影响。

“这都怪那些‘天书’，这孩子是看‘天书’看呆了!”华老祥怪罪起华罗庚看的数学书来，因此，每次看见儿子看书，就上去抢夺，夺了就要烧，逼得华罗庚把书东藏西藏，只有趁父亲不在家时，才敢放心大胆地把书拿到桌子上来看。只要不小心被华老祥碰上了，就会发生激烈的抢夺和口角，有时为了“烧书”和“夺书”，几乎把小小的杂货店吵翻了天。因为华罗庚清楚地知道，在偏僻的小县城。一本高等数学书是

T 拓展阅读
TUOZHAN YUEDU

华罗庚的老师——熊庆来

熊庆来（1893——1969），字迪之，云南人。他是华罗庚的老师，是中国近代数学的先驱。曾经留学比利时、法国，并且在法国获得了博士学位。他在函数论方面的研究取得巨大的成果，定义了一个“无穷级函数”，被国际上采用并称作熊氏无穷数。

1931年，清华大学算学系主任熊庆来教授在《科学》杂志上读到一篇论文，这篇文章专门讨论“五次方程的不可解”问题，题目为《苏家驹之代数的五次方程式解法不能成立的理由》。

当时，年方20岁的华罗庚在一所中学当会计，仅初中学历。但这位数学青年的低学历，没有抵挡住熊教授的爱才之心，他当即决定希望能为华罗庚的数学兴趣提供优越的发展平台。

此后几年时间里，华罗庚果然连续发表了十几篇数学论文。入清华大学后第二年，华罗庚升为助教；第四年升为教员，给一年级学生

拓展阅读 TUOZHAN YUEDU

上微积分课。1936年，华罗庚得到中华文学教育基金会乙种资助金1200美金，赴英国剑桥留学深造一年。再后来的故事，或许不需要再说了。

显然，若无熊庆来先生的鼎力相助，破格提携华罗庚，想必华罗庚的人生轨迹是不可能得到如此大的改变的。没有熊庆来，自然也就不可能有后来的华罗庚。

熊庆来1911年进入云南省高等学堂学习，1913年赴比利时学习采矿，1915—1920年先后就读于法国格伦诺布尔大学和蒙彼利埃大学获得理学硕士学位。1921年回国，任南京东南大学、南京高等师范大学和清华大学教授。1931年再次赴法学习，专攻函数论，获博士学位后于1934年回国，仍在清华大学任教。1937年任云南大学校长。1949年出席在巴黎召开的联合国教科文组织会议，遂留在法国从事数学研究。他于1957年由巴黎回国，在中国科学院数学研究所工作。

多么地来之不易——有的是他千方百计借来的，有的是他辛辛苦苦抄来的，如果万一被父亲付之一炬，就等于烧了他的心。所以，每次华老祥嚷着来夺书时，他总是死死地抱着不放。有一次，一本书眼看就要被父亲夺了去烧掉，他心疼至极，当场晕倒了。

“这都是命啊！儿子，你为什么不生在书香门第和地主老爷家里？”华老祥无可奈何地说。天长日久，由于华罗庚母亲的劝说，他终于不管儿子看数学书了。华罗庚看到父亲的态度逐渐变了，更加发奋钻研数学。

身染重病

1928年秋，赴法国巴黎大学深造的王维克学成归来，再次到金坛县中任教，被任命为校长。王维克把原来的会计、庶务员及事务主任三人的工作交给华罗庚一人承担，每月薪水18块大洋。

华罗庚喜出望外，对自己的工作一丝不苟，甚至教师们使用的铅笔，他都削好了再发送。王维克很欣赏华罗庚的才干，准备破格提拔他到补习班教数学。

谁知这就触犯了一些人，他们向县教育局告了一状，说王维克“用人不当”。一时议论纷纷。王维克先生在这种情况下愤然辞职。

幸运的是新来的校长知道华罗庚是人才，还是安排华罗庚做学校的会计。华罗庚感激不尽，在做会计的过程中，仍然没有放弃数学的学习和研究。

华罗庚有了一份不错的工作，全家都为他高兴，父母暗中为他物色了一位秀丽而又贤慧的姑娘——吴筱元。婚后不久，华罗庚的母亲去世，紧接着华罗庚又染上可怕的伤寒，一病不起。

为了给他治病，妻子吴筱元把陪嫁的衣物和首饰送进了当铺。请上门的郎中看了躺在床上的华罗庚后，把吴筱元拉到一边，摇摇头说："他想吃点什么好的，就给他吃点好的吧，不用开方了。"妻子坚决不愿放弃，她对他说："郎中说了，你快好了，再照原方吃四副就好了！"真没想到，一切被她妻子说应验了，心情愉悦的华罗庚真的好了起来。

华罗庚在床上躺了半年，在妻子的精心照料下，他终于战胜了死神，但由于缺乏医学常识，卧床期间没有经常翻身，华罗庚的左腿关节变形，留下了残疾。后来他走路时左腿先划一个大圆圈，右腿再跨一小步，十分吃力。华罗庚却乐观、幽默地称自己的步履是"圆与切线的运动"。

1929年，国内最权威的《科学》杂志第14卷第4

期第一次刊登了他的文章。要知道，这个杂志刊登的文章多是李四光、竺可桢、翁文源、任鸿隽等科学家的。文章第一次变成铅字，这给了他极大的鼓舞。这次的试翼，让他看到了无垠的天空，吸引他展翅翱翔。1930年，《科学》第15卷第2期刊登了他的《苏家驹之代数的五次方程式解法不能成立之理由》这篇文章，彻底改变了他的命运。这是一篇被人们永远称颂的著名论文，好比一颗光彩夺目的明珠，突然抛进了中国数学界。它的出现，标志着华罗庚这颗光芒四射的巨星，就要在中国和全世界的数学天空升腾起来了。

破格进清华

1931年8月，华罗庚来到美丽的清华园。熊庆来热情地接待了他，交谈中他才思敏捷、对答若素，深得熊先生赏识，认为他是难得的可造就之才。怎样安排华罗庚的工作，又能使他得到进一步的培养和深造？经过再三考虑，熊庆来先让他在系图书室当一名助理员，负责整理图书资料及收发文件、代领文具、绘制图表、通知开会等杂务，工作之余可自由去听课与自修。

华罗庚勤奋而幽默，风趣地称自己是“半时助理”。他解释说：“大学毕业的当助教，高中毕业的当助理，我只是初中毕业，所以当个半时助理。”他对此工作十分满意，做事非常认真。

熊庆来建议华罗庚先去旁听解析几何和微积分。可是不久后，他发现华罗庚根本没有照办，一问才知道华罗庚早就自学过了，全懂了。慢慢地，熊庆来发现华罗庚应付高级课程也十分轻松，于是，当他备课遇到疑难时，经常会喊道，“华先生，请过来一下，看看这个题目怎么做？”

清华来了个天才，连教授都要向他请教！这样的话一传十，十传百，在整个清华校园里传开了。然而他们不知道，天才的背后，却是数百倍的汗水和付出。从此，华罗庚在清华园开始了新的生活，踏上了一条通往登上近代数学世界科学高峰的征途。熊庆来曾预言：“华罗庚他日将为异军突起之科学明星！”

华罗庚的才华很快被大家所认识，算学系的著名教授都全力支持他。熊庆来对他有知遇之恩；杨武之引导他走上数论研究道路；郑桐苏力主破格提拔他为助教……这些都为华罗庚走向成功创造了良好条件。华罗庚留恋清华，当时清华算学系不仅有他的知遇恩师和一批优秀的数学家，系里的年轻人才华出众、群星灿烂，而且还聘有外籍数学大师在校讲学。在这人才济济的环境中，华罗庚立下了一个宏愿，即“以过人的努力，追求自己的成就”。

在清华，华罗庚以极大的毅力克服由于腿疾带来的各种困难，在出色地完成本职工作后，有选择地听课，大部分时间用于自修。他如饥似渴地阅读清华大学图书馆馆藏丰富的中外数学书籍，学无不窥，凭其超人的智慧和勤奋，在科学征途上快步前进。

华罗庚有句名言：“聪明在于学习，天才在于积累。”他曾对友人说过：“人家受的教育比我多，我必须用加倍的时间以补救我的缺失，所以人家每天 8 小时的工作，我要工作 12 小时以上才觉得心安。”当年，他就是这样勤奋地以艰苦卓绝的努力，向数学王国的科学高峰攀登。

当时，中国的近代数学才刚刚起步，能在国外发表论文更是凤毛麟角，然而不到两年的时间里，华罗庚一人就发表了十几篇论文，这让许多老教授都望尘莫及。

1933 年，清华大学理学院正式提升华罗庚为助教，并让他教授微积分课。这是很不寻常的。当年清华聘用教师有严格的制度和标准，助理员属职员系统，助教属教员系统，由职员系统调任至教员系统几乎是不可能的事，然而华罗庚以其勤奋的努力和卓越的才学打破了这个相传多年的传统制度。当时，理学院院长叶企孙说："清华出了个华罗庚是一件好事，不要被资格所限定。"这种爱惜人才、不拘一格选拔人才的事例，在清华被人们传为美谈。1934年华罗庚被委任为"中华文化教育基金会董事会"乙种研究员；翌年，清华大学再次破格提拔他为教员。

从1931年至1935年，华罗庚在清华的这段时期，是他自学数学最重要最成功的阶段，由初等数学研究跃步登上近代数学研究的台阶。这是他在自学成才道路上的第一次质的飞跃，预示着他已由一个爱好数学的有才华的青年逐步向一个大数学家转变。

留学剑桥

1936年夏天，由清华大学推荐，中华文化教育基金会保送，当然，首先是熊庆来推荐，华罗庚以"访问学者"的身份到英国剑桥大学留学。

人们回忆华罗庚到达剑桥时，系主任正在加拿大休假，他根据数学家维纳的推荐，临行前叮嘱助手说："东方的华某来剑桥，可以告诉他用两年的时间就可以获得博士学位。"

华罗庚听了以后，不以为然地说："我来剑桥的目的，并不在于用多少时间得到什么头衔，我的愿望是在数论和分析方面，能得到深造的机会。我想先听权威学者关于数论方面的课，再用若干时日听分析方面的课，这样，两个方面的精华我都能取得；然后，研究以‘分析’来解释数论，再以数论来阐发‘分析’。”因此，华罗庚在英国留学期间，虽并未得到博士学位。但是，他却出色地解决了一个又一个当时著名的数学难题。例如华林问题，塔内问题等等。

华罗庚专心研究世界最尖端的数学问题，并撰写了多篇学术论文。论水准，每一篇论文都可获得博士学位。其中一篇关于“塔内问题”的研究，他提出的理论甚至被数学界命名为“华氏定理”。

英国著名的数学家哈代是这方面的权威学者，他听到这个消息，兴奋地说：“太好了，我的著作把它写成是无法改进的，这回我的著作非改不可了。”因着他

华罗庚（左二）在英国剑桥

的成就，华罗庚被认为是剑桥的荣光。

周简文在《记华罗庚先生》一文中说："专攻分析者或专攻数论者都不一定了解。30年代看得懂华先生论文的人，据说有苏联科学院院长一个；另外，法国有二人，英国有一人，印度有一人。"

华罗庚在剑桥大学时，英国剑桥集中了一批颇为优秀的年轻数学家，如海尔布伦、达文波特、埃斯特曼，兰金与蒂奇马什等人。当时的剑桥大学是全世界的数论研究的中心，正是因为这里有一个非常有名的数论学家小组。华罗庚参加了这个小组的学术活动。大家互相切磋，华罗庚很快成了他们的好朋友，从他们那里得到不少帮助。除了数论和分析外，华罗庚还听了霍尔的群论课，这与他以后的工作关系很密切。

在这样一个云集了世界顶尖数学家的环境里，华罗庚不仅学到了有关数论的最新研究成果，了解了数论研究的发展动态，并且参与其中，在一些重要的数学问题上做出了自己贡献。与此同时，他也坚定了回到中国后，要以"数学知识报效祖国"的基本信念。

华罗庚的夫人——吴筱元

华罗庚是享誉世界的数学大师，其斐然成绩早为世人所推崇。而每当人们问及他的成功之道时，他总是盛赞他的夫人吴筱元，并感叹道："她是无名英雄，我的整个事业，是与她分不开的！"几十年来，吴筱元在华罗庚的生活和事业上，起着重要的作用。

吴筱元与华罗庚婚后不到几个月，华罗庚染上了重病，每天处于昏迷状态。吴筱元背着家人，将结婚时心爱的饰物拿到当铺，换钱给丈夫治病买药，日夜守候在丈夫身旁。华罗庚终于从死亡线上挣扎下来，但是一条腿落下了残疾。

华罗庚病愈不久，发表了《苏家驹之代数五次方程式解法不能成立的理由》的论文，得到了清华大学熊庆来教授的赏识，并邀请他去清华执教。吴筱元自然也想去北京居住，但想到丈夫每月薪水太低，难以维持一家三口人的生活；而且她怀孕在身，生孩子更会增加许多费用；何况公

拓展阅读
TUOZHAN YUEDU

公年迈多病，需人照料。于是，打消了随夫进京的念头，挑起了沉重的家务担子。

1936年夏，华罗庚被派送到英国剑桥大学留学。1937年“七七事变”后。华罗庚毅然放弃了在英国深造的机会，满怀抗日救国的热忱回到了祖国，并到昆明西南联合大学去执教。于是，一家四口久别重逢，再次团圆。由于华罗庚工作极忙，照顾家庭的重任又落在了吴筱元的肩上。

中华人民共和国成立后，华罗庚一家迁居到了北京。虽然生活条件得到了改善，但吴筱元勤俭持家、相夫教子却未变。党的十一届三中全会以后，华罗庚精神振奋，报国之心愈烈。同时，各项工作也更加繁忙起来。吴筱元不仅操持家务，还帮他抄写论文和书信。他们有三个儿子：华俊东、华陵、华光；三个女儿：华顺、华苏与华蜜。

吴筱元品格高尚，她在数学界很受尊重。人们亲切地称呼她为“华师母”。

为了中华民族

1937年夏天，是中国人民永世难忘的一个夏天。“七七事变”后，日军全面侵犯中国。

此时华罗庚正在英国剑桥大学留学，国难当头，他再也没有心思在这所条件很好的世界著名大学里继续深造。当听到抗日战争全面爆发的消息，华罗庚马上打点行装准备返回祖国，当时英国著名的数学家哈代不解地问：“华先生，这里条件很好，为什么不继续在这里从事数学研究呢？”华罗庚回答说：“我的祖国在受难，人民在受苦，我不能一个人在这里享受舒服的生活。”

1938年春，华罗庚乘坐英国邮轮返回祖国。站在甲板上凝视远方的海鸥，华罗庚心潮起伏，难以平静，在剑桥大学的日日夜夜又一幕幕出现在他的眼前。

在那绿荫覆盖的世界著名学府里，他与来自世界各地的一流数学家切磋学问，交流经验。在剑桥大学的两年里，他写了多篇论文，先后发表在英、苏、印度、法国、德国的数学刊物上。论其成就，他早应该得到博士学位，但他在剑桥大学，从没申请入学，也没有正式申请学位，因而没有得到博士学位。然而这一切已经使年轻的华罗庚满意了。他想："我到英国留学是为了求学问，而不是为了求学位，现在我已经完成了求知识、求学问的任务，我就没有辜负祖国和人民对我的期望。"

从英国回来，到了昆明。

在昆明，华罗庚一家人的生活艰苦极了。为躲避敌军飞机的狂轰滥炸，起初他和妻子、孩子们住在昆

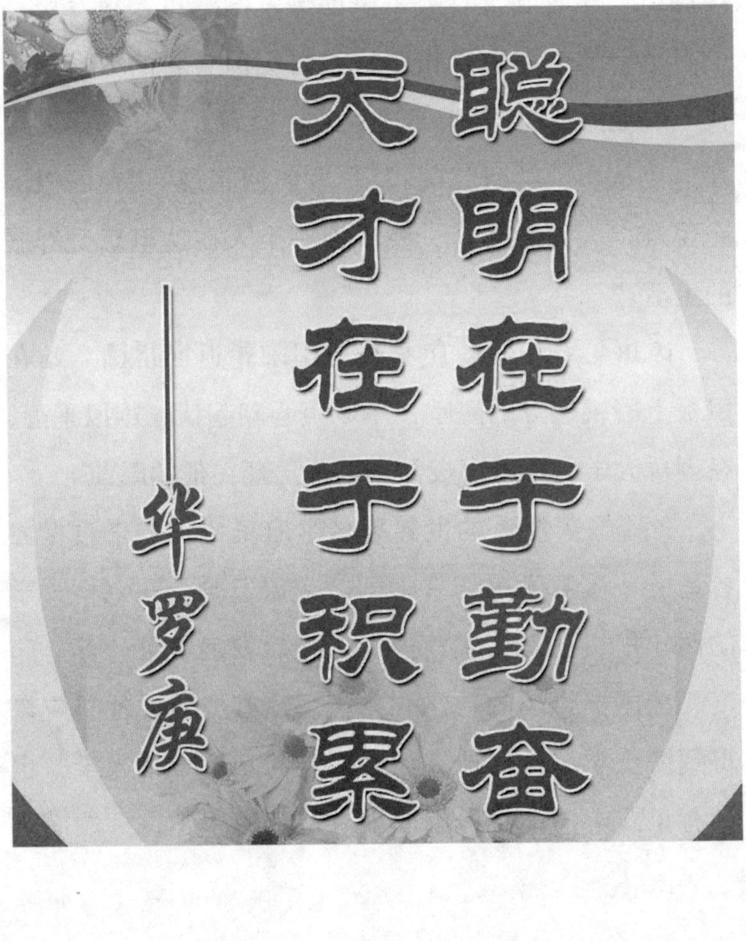

华罗庚和他的学生们(中间为华罗庚，前排右二为陈景润)

明郊区一个名叫黄土坡的小村子里。白天，他拖着病腿进城去给大学生们上课，用微薄的薪水维持一家6口人的生活。晚上，就着昏黄的小油灯埋头苦读、钻研数学。战时的昆明，物价飞涨，物资奇缺。他一个人的工资维持一家人的生活十分困难，常常是吃了上顿饭没有下顿饭。

“教授教授，越教越瘦”便是华罗庚生活的写照。有一天，华罗庚走在街上，后面跟了一个乞丐，一直跟了一条街，华罗庚身上实在没有钱，不得不转回头说：“我是教授。”要饭的一听便走开了，因为就连乞丐也知道，教授们的身上是没有钱的。华罗庚的第三个孩子就要诞生了，可是这位穷教授实在没有钱把妻子送进医院分娩。那一天，孩子在破旧的茅屋里“哇——哇”地哭着落地了。“就叫华光吧！我们家的钱又花光了。”华罗庚这样又是辛酸又是幽默地给孩子取了名字。

这种艰难的生活华罗庚忍受下来了。他没有向生活低头。他经常想：他个人这点遭遇又算得了什么，中华民族正在遭受日本帝国主义的凌辱，人们正在受苦受难。只要打败日本帝国主义，他什么苦都能吃下

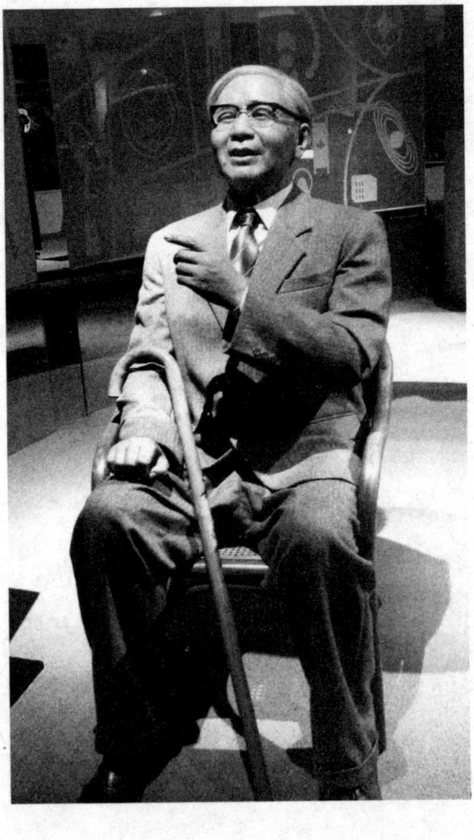

华罗庚（蜡像）

去。四年的时间，在这样的艰苦环境里，他先后写出了20多篇论文，尤其是完成了他的第一部数学名著《堆垒素数论》。这是一部讨论华林问题、哥德巴赫猜想等尖端数学问题的专著，凝聚了他大量心血和精力，至今仍被各国数学家视为经典。

1945年8月的一天，雨在淅淅沥沥地下个不停，华罗庚拖着病腿，踏着泥泞的路回到家里，妻子赶忙迎上去，只觉得一股酒味扑鼻而来，她望着丈夫沾满泥浆的长衫，正要问到底发生了什么事，华罗庚喜气洋洋地开了口："抗战胜利了。"说完，从怀里掏出了一条香烟。

可是，他显然高兴得太早了。谁知，国难刚过，国民党又挑起内战，为反抗国民党的黑暗统治，迫使觉醒的知识分子不得不奋起反抗了。

大学生们发出了怒吼。

大学教授们走进游行的队伍。

反饥饿、要民主，罢工、罢课的浪潮风起云涌，国民党政府惶惶不可终日，对手无寸铁的师生们要下毒手了。

华罗庚在这白色恐怖的日子里，毅然接受了苏联科学院的邀请，赴苏联讲学3个月，当时有不少特务恐吓他，有的写信警告他："到苏联去，要不要命？"

有的当面威吓他："到苏联去，你红帽子已经戴上了！""戴红帽子"就是跟共产党走，言下之意就是说：你跟共产党走是没有好结果的。但华罗庚一点也不畏惧，他坚定地对那些替他担心的人说："到苏联去有什么不好？'红帽子'我是戴定了！"

华罗庚从苏联回国后，冒着生命危险在昆明青年会的阳台上给数千名大学生做了题为《访苏三月记》的报告。听报告的人十分踊跃。为了预防华罗庚受到特务的暗害，地下党组织事先做了周密的安排，派人告诉华罗庚，如果出事，请他到某个地方，那里将会有人带他脱离危险。华罗庚在报告中赞扬了苏联在科学研究中取得的成就，使处在黑暗中的师生们受到了很大的鼓舞。

在昆明，华罗庚还结识了著名的爱国主义学者闻一多先生。1938年春天，为了躲避日本飞机的轰炸，闻一多先生举家移居到昆明北郊的陈家营，华罗庚一家走投无路，也来到这里。闻一多先生热情地让给华罗庚一间屋子，他自己和妻子、孩子则住在另一间屋子里，两间套间屋分住两家，当中用块帘子隔开，开始了对于两家人都是毕生难忘的隔帘而居的生活。

在陈家营，闻一多一家八口人和华罗庚一家六口人隔帘而居期间，华罗庚埋头搞数学，闻一多埋头搞古汉语。两位教授清贫自甘的作风和一丝不苟的学风，给周围人留下了深刻的印象。在那些日子里，无论是春寒料峭，还是夏日炎炎，晚上在一个屋顶的两盏小油灯下，两位教授时常工作到夜半更深。后来，形势越来越坏，在中华民族生死存亡的紧要关头，昆明的民主抗日运动日益高涨，闻一多终于从故纸堆里走出来了。

1946年6月，国民党正准备全面发动内战，昆明全城笼罩着战争风云。就在这种山雨欲来风满楼的形势中，特务扬言要以“四十万元的重金，收买闻一多的头”！华罗庚在离开昆明以前，很为他担心，他忧心忡忡地对闻一多说：

“一多兄，情况这么紧张，大家都走了，你要多加小心才是！”

“要斗争就会有人倒下去，一个人倒下去，千万人就会站起来！形势越紧张，我越应该把责任担当起来，‘民不畏死，奈何以死惧之’，难道我们还不如古时候的文人？”闻一多从容不迫地回答。

华罗庚万万没有想到这次谈话竟是和这位好友的诀别。他离开昆明不久，继李公朴被暗杀之后，闻一多又惨遭暗害，倒在了血泊之中。

这时，华罗庚正在从南京到上海的火车上。他从报纸上看到了闻一多被杀害的消息，悲愤地流下了眼泪。

他透过泪水，望着窗外灰蒙蒙的田野，啜泣着。心里交织着强烈的爱和恨，自言自语地吟诵道：

乌云低垂泊清波，
红烛光芒射斗牛，
宁沪道上闻噩耗，
魔掌竟敢杀一多。

挚友闻一多横眉怒对国民党的手枪，宁可倒下去、不愿屈服的光辉形象，永远活在华罗庚的心里。华罗庚暗想：我应该用自己的余生完成闻一多先生和无数前辈的未竟事业，为我们民族光辉的未来贡献自己的力量。

奔向新中国

1949年的最后一天，在美国伊利诺大学的一座绿荫掩映的洋房里。华罗庚兴高采烈地与他的妻子吴筱元交谈着：

“筱元，快把酒拿出来，今天吃饭要喝酒！”

“发生了什么事？看把你高兴成了这个样子！”吴筱元莫名其妙地问道。

“祖国解放了！女儿来信了！叫我们快回去。”华罗庚从皮包里掏出女儿的信给妻子看。她接过信一看，女儿在信里说，北京解放了，全城一片欢腾，共产党廉洁奉公，解放军纪律严明，不拿群众一针一线。还说新中国的建设需要一大批爱国的科学家参加，希望父母赶快回国。

“走不走呢?”看完了信，吴筱元问道。

“走，当然走!”华罗庚斩钉截铁地说。

“要不，我先回去看看情形，随后，你再决定回去还是不回去!”

华罗庚自信投奔新中国是不会错的，在这以前，他早已下了决心，他毫不犹豫地说道：“不必这样做，我和你们一起走，而且越快越好。”

寒假里，他以到英国讲学为名，设法给全家人弄到了船票，丢下汽车和洋房，半年的工资也不要了，带领妻子和三个孩子登上一艘邮轮，从旧金山出发了。

华罗庚一家就这样绕道欧洲，然后从地中海，经过印度洋直奔东方。地平线蓦地出现了中国的轮廓，他站在甲板上，透过水雾翘首凝望着阔别多年的祖国，视线模糊了，热泪情不自禁地流了下来。

华罗庚还记得两年前把全家人接到美国的事。那是在普林斯顿的时候，一位从延安回来的女士，兴奋地跟华罗庚讲了在延安的见闻，并说全中国的解放已成定局，由共产党领导的解放战争正在中国大地上势如破竹地展开，蒋介石王朝处在风雨飘摇之中，惶惶不可终日，大军过江后，他们有可能把一些名流及其家眷弄到台湾。

听了这些情况，华罗庚非常不安，他想："无论如何也不能让蒋介石把我的家属弄到台湾！"于是，想来想去，便火速给妻子和孩子们办了护照，心想先接到

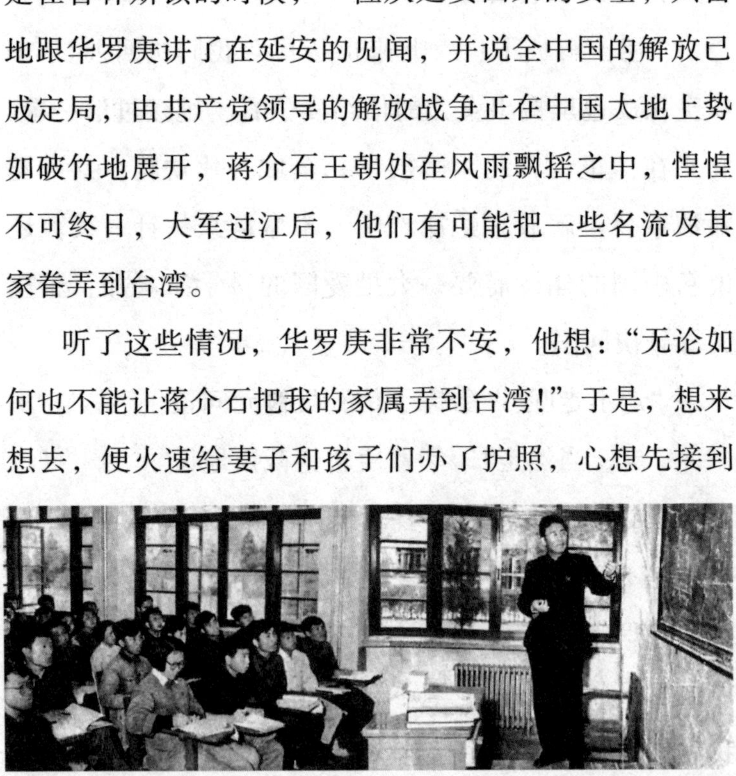

1958年华罗庚在给学生上课

美国再做打算。

一家人大部分成员终于在美国暂时团聚了。他把妻子和孩子安顿在美国伊里诺斯州阿尔巴勒城的一座舒适的洋房里，每天都乘坐雪亮的“顺风”牌小汽车到伊里诺大学上课。然而，美国的物质文明没有使他产生久留之意，他虽然身在异国，却心在中国，时刻关注着来自万里以外的祖国的信息。

在美国的几年里，最令华罗庚难忘的是1947年圣诞节，现在他还能一丝不差地回忆起当时的情景来。那一年圣诞节，在美国各大学工作的中国籍教授们济济一堂，聚会联欢。华罗庚、钱学森、林家翘都参加了聚会，联欢会的主持说：“新的一年就要来临了，请诸位讲讲希望的话吧！”每逢佳节倍思亲，在一片热烈的掌声中，华罗庚走上讲台，神情激动地说：

“诸位，我们大家来到美国，并不准备久居。当初，是因为在国内科学家无用武之地我们才出来的。现在，国内要民主、要科学的呼声越来越高，我情愿和同胞们站在一起克服困难，而不希望站在世外。我认为，这是我们作为一个中国人应尽的义务，争取逐步改善环境。因此，如果谈希望的话，我希望回国和苦兄弟们在一起，把祖国建设好！……”

到了香港，别人都忙着探亲访友、买东西，华罗庚却把自己关在旅馆的房间里闭门谢客，人们十分纳闷：他关在房子里干什么呢？几天之后，真相大白了，原来他在写致留美学生的公开信。

1950年3月21日，新华社向全世界播发了他致中国全体留美学生的这封公开信。信中有一段是这么说的：

“为了抉择真理，我们应当回去；为了国家民族，我们应当回去；为了为人民服务，我们也应当回去；就是为了个人出路，也应当早日回去，建立我们工作的基础，为我们伟大祖国的建设和发展而奋斗！”

这封公开信，是华罗庚告别旧中国，投奔新中国的宣言书。字里行间，闪耀着对新中国的希望和圣洁的信念，它通过无线电波迅速地传遍了全世界，使得漂流四海的年轻人，有不少人停止了彷徨和徘徊，他们冲破种种阻挠回到了祖国人民的怀抱。

为了新中国的数学事业

新中国成立不久，华罗庚怀着满腔的热情回到祖国。华罗庚任清华大学数学系主任，1952年又任中国科学院数学研究所所长。当时的中国，百废待兴，国内正掀起了一个建设新中国的高潮。也是中国的知识分子最有所作为的时期。科学界百花齐放，百家争鸣，大家都在努力地工作着。

不久，中国科学院领导出面邀请华罗庚筹建中科院数学研究所。筹建工作十分困难，不仅缺乏研究人员，更缺乏资料和图书。这时，华罗庚从美国数学会预订的许多数学杂志，为数学所的筹备和研究工作起到了很大的作用。据说华罗庚为了预订杂志还向同事借了300美元。华罗庚全心全意地投入筹备工作。

1959年7月的一天，中国科学院数学研究所终于宣告成立，华罗庚被任命为第一任所长。

新中国的数学研究处在一个继往开来的新时代。有一天，华罗庚把所有的工作人员召集来开会，他说：

“我们的研究所说是一个研究机构，但实际上还不如一个数学系。某种程度上讲，目前，我们的力量尚不如发达国家的研究机构里的一个课题组。但是，正因为如此，才需要我们这些人。尽管困难是大的，但是为了改变落后的面貌，我们有信心。”

“我们能否找到更多的教材和资料？”刚录取的研究生王元问。

“教材没有，我从美国回来时预订的资料大家可以传阅。我们不能等，没有教材我们可以自己编。”华罗庚坚定地回答道。

确实，对于刚刚成立的新中国来讲，科学研究的条件和工作环境是十分艰苦的。华罗庚当时领导两个数学讨论班，一个是基础班；另一个是哥德巴赫问题讨论班。基础课程的讲义全部由华罗庚亲手编写。他常对学生说：

“我失学的时候也没有人教我，最重要的是我们不能气馁。”

华罗庚有过饱尝失学痛苦的经历。因此他特别关心对青年人的培养。当时，华罗庚的研究小组里的人才奇缺，像赵民义、万哲先、王元、陆启铿、陈景润、潘承洞等一批相继成名的数学家都是华罗庚后来培养起来的。对华罗庚来讲，他不但自己要研究问题，更重要的是培养出一大批学生来。为了尽快培养出人才，华罗庚以极其严厉的治学方法培养学生。有时候，华罗庚睡到半夜爬起来，敲开学生的宿舍大门，把刚想到的问题与学生一起讨论。他的学生们个个勤奋，从不敢懈怠。

有一次吴筱元对华罗庚说："这些都是二十出头的小伙子，你总得给点时间，让他们去谈谈对象吧！"

华罗庚笑着回答说："这确实是一个难解的题目，你做师母的帮忙解决吧。"说完师生们都大笑起来。

后来，华师母的确为这帮小伙子介绍过不少对象。

在华罗庚的教导之下，没有一个学生敢有一丝的松懈，王元回忆道：

"华老师的绝招是挂黑板，我们这帮学生中没有没被他挂过黑板的！"

说到挂黑板还有一段故事。

华罗庚让学生挂黑板得益于他早年在上海中华职

业学校的英文老师。学生一次回答不出问题站着听，两次回答不出问题站出来听，三次回答不了问题站到讲台前面听。

华罗庚的英文在班上名列前茅，自然站得少些。有时候一堂课下来，课堂上能有一二十个人站着听课，渐渐地大家都怕起这位英文老师。到学期结束时，班上挨站的人数越来越少了，而学生们的英文成绩也提高了许多。

王元提到挂黑板记忆犹新地说："苏步青老师推荐我到华教授这里来读研究生，华教授看完推荐信之后，并没有回答行还是不行，他让我先听课。第一节课上，他便问我，如何用二行二列的矩阵写出平面二次曲线。

我一听就懵了，怎么也记不起中学里学的东西了。

1955年，参加全国人民代表大会的梅兰芳（右）和华罗庚（左）两位代表在一起愉快地交谈。

‘我看你是笨得很，这么容易的题目你都做不出来，学数学要学会联想。欧美国家的教授说我们的学生独立思考的能力太差，我看你就是这样。’华罗庚不留情面地对我说。

我在黑板前罚站了两个小时，满教室的人并不介意我，而我是初来乍到，并不适应华教授的规矩，自尊心很受打击。

我的父亲王懋勤是在原中央研究院工作的，十分熟悉和敬仰华罗庚。童年时代父亲常对我讲华罗庚自学的故事，我从小就十分崇敬这位数学家，也曾立志长大了做华罗庚的学生。

谁会想到刚来就碰到这样尴尬的事情。不过我还是忍了，晚上我把他出的题目仔细地研究后做了出来，第二天一早就交给他了。华罗庚先生看后高兴地答应我跟他学数论。”

有这样感觉的何止王元一个人，跟着华罗庚后面的学生没有没挂过黑板的。学生既畏惧他的严格，又很敬佩他。要想要面子，就得把问题回答出来，要想回答问题不出丑，平时就得多用功。跟着华罗庚的学生没有一个敢不刻苦用功的，此后，这些学生都成了新中国建设的栋梁之材。

回国后短短的五年时间，华罗庚不仅为新中国培养了一大批优秀的数学人才，还开创了典型群、矩阵几何学、解析数论、自守函数等方面的研究。为新中国的数学研究打开了新的局面。严师出高徒，在华罗庚的领导下，国际数学舞台上倏然出现了一支新中国学派，他们所取得的成果令世界瞩目。

华罗庚是个博学多才的数学家，研究问题有自己独特的方法和措施，他研究数学不拘泥于细微末节，而是从宏观的角度解决问题的总的方面。在关于数学里分类的个数问题上，美国数学家密勒曾证明了这个问题的第一个特例，苏联数学家库拉科夫获得更为完美和精密的答案，而华罗庚从总的方面，一下子解决了全部问题。他一生先后发表了120多篇学术论文，其中《环之准同构及其对射影几何的一应用》《一个求极限的问题》等近20篇都是在解放以后发表的。华罗庚的这一研究风格，后来还深深地影响了他的学生陈景润对哥德巴赫猜想的研究。

华罗庚不仅是一位杰出的数学家，而且是一位才华横溢的诗人。1953年，中国科学院组成了一支26人的出国考察团，有天文学家张钰哲、大气物理学家赵九章、物理学家钱三强、生物学家贝时璋等人与华罗庚同行。

火车穿过辽阔的松辽平原，在白雪皑皑的西伯利亚荒野奔驰，车厢里，科学家们你一言我一语地谈笑风生，说古论今。华罗庚突然诗兴上涌，建议大家说：

“诸位，我们对对联好不好？”

“你先来。”有人应声要这位平时少语的数学家开头。

“对对对，华教授先来吧！”大家齐声说。

华罗庚笑盈盈地沉思了片刻，诵道：

“‘三强韩赵魏’，请谁对下联？”

过了很久竟然无人能对出下联来，在场的科学家们没有料到华罗庚会说出如此“难对”来。了解古代诗文的人都知道，在对例中，这是最复杂的“难对”。在北宋时期，有人以“三光日月星”的上联悬赏求对，多年后，苏东坡用“四诗风雅颂”巧妙地应答了下联，从此，开创了数字对联的先河。

华罗庚上联里的“三强”，既是战国时期韩赵魏三个强国，又隐喻了代表团中科学家钱三强的名字。如果要使下联工整，不仅要解决数字联的困难，而且在下联中要出现不重复的数字和科学家的名字或有关的名称。这样一来，在座的几位科学家竟无一人应答。物理学家钱三强说道：“华教授抛出下联给大家听听。”华罗庚笑微微地说道：“九章勾股弦。”

他的话音刚落，在座的科学家拍掌叫绝。后来这副对联在社会上广泛流传，报纸和新闻媒体也对此做了不小篇幅的报道，成了脍炙人口的名对。

下联中的“九章”指的是我国古代数学名著，其中，记载了我国数学家发现的勾股定理，同时九章恰好又是代表团中大气物理学家赵九章的名字。华罗庚的这副妙联，开辟了数字联的新对例，同时也展示了他的文学才华。

刚刚回国的华罗庚怀着满腔的热情参加各种演讲和讨论，他帮助制定了科学教育和全面发展数学的全国性规划。他还直率地提醒同行，不能满足于把一些模仿性成果寄到国外杂志上发表，那种研究，好比为人作嫁，要集中精力做自己的科研。

最使华罗庚心情不能平静的还是建国不久发生的一件事情。有一天，中国科学院派人通知他，出版社准备出版他的《堆垒素数论》。提到这本书，华罗庚流下了心酸的泪。这本书早在1941年就写成，在那炮火连天的日子里，为完成这本专著，华罗庚不知花费了多少心血和汗水。让华罗庚始料未及的是，他的这本书的中文原稿竟被国民党政府的出版部门遗失了。当时，华罗庚听到这个消息后，久久不能说话，大病了一场。

现在，新中国刚刚成立，国家要办的紧急大事不知有多少，有关部门竟能主动要求出版他的专著，新中国对知识的尊重，使华罗庚激动得无法说出话来。后来，华罗庚根据对《堆垒素数论》的俄文版修订和补充，出版了中文版《堆垒素数论》。他在书的序言中这样写道：

这一本小书能够用本国文字出版问世，是和人民民主政权分不开的。回忆一下，离初稿完成的日子已经十二个年头了，离俄文版刊出的日子也已隔了六年了。在解放以前的漫长岁月里，这书出版的问题，由即将出版、等待出版，一直演变到把原稿搞得无影无踪，以致到今天在中国科学院的敦促之下，我还得从俄文本翻译出来付印。这些事实，有力地说明了旧的政权怎样腐化，怎样不关心科学，而人民民主政权又是怎样地珍爱科学成果。

华罗庚回国后的最初几年，需要做的事情实在太多太多，他只有在频繁社会活动之余，抓紧点滴时间读书。在上班的途中坐在汽车上想问题，开会前几十分钟他读书做笔记。就这样，他写成了《多复变函数论典型域上的调和分析》等10多篇在国内外有影响的论文。1957年1月，他的《数论导论》出版，获得了国家科技一等发明奖，在国际上引起了很大的反响。美国一位杰出的数论学家在美国《数学评论》上撰文，高度评价说：

“这是一本很有价值的、重要的教科书，有点像哈代与拉依特的《数学导引》，但在范围上已经越过了它。是一本很好的入门书。”继此著作之后，华罗庚又和他的学生万哲先合著了《典型群》。20世纪50年代，华罗庚正是年富力强，一个又一个的新成果问世，进入了他的学术事业的鼎盛时期，而历史又给这位科学大师赋予了一个又一个的重任。

从20世纪50年代开始，华罗庚就不拘一格地发现和培养人才。到他身边工作的人，不管是谁推荐的，要是没有真才实学，华罗庚坚决不收。若是被他看中的人才或苗子，只要你愿意，华罗庚会千方百计地把你挖过来。

华罗庚从美国回来后，曾给广州中山大学的师生们做了一个学术报告。一个半身瘫痪的青年拄着双拐坐在前排，认真地听华罗庚的报告，给华罗庚留下了很深的印象。两年后，当这位残疾青年写信给华罗庚，想到华罗庚身边工作时，华罗庚一下子就记了起来，并回信答应了这位残疾青年。这位残疾青年就是后来在华罗庚身边成长起来的新中国的数学家陆启铿。

谈起华罗庚培养人才，还有一段故事：

那是1952年的一天晚上，华罗庚正在伏案起草一篇演讲稿，突然，他想起今天晚上中南海怀仁堂的文艺晚会。糟了！我怎么又把演出给忘了。

妻子吴筱元一面帮助华罗庚穿上外套一面安慰着说："还有10分钟，大概不算太晚！"

"虽说是文艺演出，但这是为全国政协代表们举办的，我作为代表迟到了总不算是好事。"

华罗庚乘吉普车连忙赶到中南海怀仁堂，大厅里的灯光黯淡下去，舞台上的帷幕已经徐徐拉开，演出已经开始了。华罗庚一手拄着拐杖，一手拿着请柬，猫着腰在微弱的灯光下寻找座位。在这种场合，数学家可没有用武之地，华罗庚急得满头大汗，不知所措。这时华罗庚忽然发现在前方七八排远的地方有个人朝他招手，并用手指指身边的空位子。华罗庚高兴地顺着手指的方向走过去，果然看到了一个空位子。华罗庚一边坐下一边谢谢朝他招手的人。坐定以后，他从口袋里掏出手帕，擦了擦额头和沾满了汗水而模糊不清的眼镜片，嘴里还念叨：“这个位子真不错，真是来得早不如来得巧！”

“好嘛！谁能不给你华大教授留个位置！”

华罗庚觉得这个声音特别耳熟，突然想起自己仅顾坐下看戏，连看都没有看朝他招手的人一眼，他非常歉意地转过头去看一看那人。他大吃一惊：原来是毛主席！华罗庚一下子蒙了，像是触了电似的，全身热血沸腾。毛主席微笑着跟他点了点头，操着浓重的湖南口音向华罗庚问好。

毛主席一面看戏，一面轻声地同华罗庚交谈。谈话中，华罗庚觉得毛泽东主席对自己的经历非常熟悉，他激动得流下了泪水。

“回过金坛吗？”毛主席关切地问。

“还没有时间回去。”华罗庚连忙回答。

“家乡还是要去看一看的，那是养我们的地方，我也很思念故乡的。”毛主席又说。

“对！谁能忘记自己的故乡呢！”华罗庚回答。

“华罗庚同志，你也是苦出身，希望你为我们培养出更多的好学生来呀！”

“主席，我一定努力。”华罗庚激动地回答。

毛主席的话题又转到京戏上去，华罗庚也是个京戏迷，和主席谈得十分投机。高兴之处两人便放声大笑起来，逗得周围的人们也跟着笑了起来。

这是华罗庚与毛主席生平的第一次接触，从此他铭记毛主席的嘱托：要为劳动人民培养出更多的好学生来。

甘做人梯

华罗庚牢记毛主席的嘱托，在一无资料二无设备的条件下，亲手创建了中科院数学研究所、计算机研究所、应用数学研究所，为新中国培养并输送了一大批数学人才。陈景润、王元、吴方、魏道政、许孔时、陆启铿、段学复、万哲先等，这些人后来都成为知名学者和教授。

不仅如此，华罗庚还十分重视和推动中学生的数学学习。他是我国中学生数学竞赛的创始人、组织者和参与者。20世纪50年代，北京的历次数学竞赛活动，他都参与组织、出考试题、监考和改卷等工作。同时他还亲笔写了几本数学通俗读物《从杨辉三角谈起》《从祖冲之的圆周率谈起》《从孙子的“神奇妙算”谈起》《数学归纳法》等。另外，华罗庚还在报刊杂志上写了许多鼓励青少年学习的文章。华罗庚忠实地执行了毛主席的嘱托，为社会培养了大批真才实学的人。

华罗庚一生中带过的学生许多许多，但最让华罗庚感动的是陈景润。华罗庚在一次数学年会上曾经这样说："最使我感动的是陈景润的（1+2）。"

1955年2月，陈景润在厦门大学第一任校长王亚南先生的举荐下，结束艰难的摆书摊的生涯，回到了母校厦门大学数学系任助教。在以前老师的指导和帮助下陈景润学了许多课程，但是无从取得数学上的突破。一天，兼管资料室的陈景润请教来查阅资料的李文清，李老师说：

"你研究数论，我建议你先研究一下华罗庚的书，特别要研究《堆垒素数论》。华先生的这一成果是举世

华罗庚访问山东大学

华罗庚为学生解答疑难问题

闻名的，如果你能改进其中的一条定理，你就会成为数学界了不起的人物。”

陈景润听后，从此开始执著地研究华罗庚的《堆垒素数论》。据陈景润自己回忆说：“《堆垒素数论》我都能背下来，我一共拜读了二十多遍，重要的章节阅读过四十遍以上。”

1956年，陈景润终于把自己的研究成果《他利问题》寄给了华罗庚老师。华罗庚的学生王元首先读了陈景润的论文，他发现陈景润的研究成果确实对华老师著作《堆垒素数论》是一种良好的改进。他立即把这篇重要的论文交到华罗庚的手上说：“华先生，我看

华罗庚先生和他的弟子，左起：杨乐、张广厚、华罗庚、陈景润。

这个陈景润是活用了先生您和维诺格拉朵夫的方法，文中的论证也是正确的。”

华罗庚听说有人改进了自己的著作，十分兴奋地接过论文仔细地看过后说：

“这个小伙子真不错，他具备数学家的基本素质，敢于怀疑一切，很有想法，值得培养。”接着华罗庚又问王元、吴方、魏道政等人：

“这个陈景润是干什么的?”

“据说在厦大图书馆工作。”

“赶快给他补发个请柬，请他到北京来参加数学讨论会，我请他做报告。”

讲到这里华罗庚非常激动，他看了又看自己的学生说："你们跟随我这么多年，怎么就没有发现我著作中的缺点呢？倒是这个陈景润……"

说完华罗庚催王元快去发请柬。学生们从来没有看到过华罗庚这样高兴，王元事后回忆说："我们真为华先生的为人感到高兴。陈景润是个初出茅庐的小毛童，修改自己的著作华罗庚丝毫不介意，而且还那么关爱陈景润。"

难怪1985年6月21日，陈景润在华罗庚骨灰安放仪式上泣不成声地说："华老师走了，支持我、爱护我的恩师走了。华老师如同我的父母，待我恩重如山，他是我最好的老师啊！"

几天以后，陈景润应华罗庚的邀请来北京参加宣读自己的论文。住宿安排在北京西苑大旅社，在这里陈景润认识了同住的室友孙克定。也许是无巧不成书，若干年以后，陈景润和孙克定又被"关"在同一间牛棚，两代数学家终于成了患难相交的好友。

晚上，华罗庚在王元等人的陪同之下看望陈景润，已经是半夜了都不见陈景润的人影。孙克定说陈景润吃完晚饭就出去了。华罗庚找到与陈景润同来的李文清老师，李文清老师说："你们一定事先没有约他，小陈是从来不失约的。不过找小陈也很容易，只要去厕所或树林里找一找，肯定不会落空！”

华罗庚拄着拐杖，终于在厕所里找到了陈景润。原来陈景润的普通话不好，怕人家听不懂，自己朗读能力又差，为了不影响别人休息，他躲到厕所里背诵论文。

陈景润见华罗庚先生半夜来访，心里既激动又觉得过意不去，自己是一个无名晚辈，怎么担当得起华先生如此的厚爱。陈景润一个劲儿地重复着一句话：“华老师，我的普通话不好，他们恐怕听不懂。”

华罗庚鼓励地对陈景润说：

“不要怕嘛，这是宣读论文，不是普通话比赛。你在台上可以慢一点讲，大家不就能听懂了？”

听了华罗庚的话，陈景润激动得流下了眼泪。陈景润没有想到华先生是如此地关心青年人的成长，像华罗庚这样的数学家一点架子都没有，而且能这样礼贤下士。

第二天，陈景润上了讲台，见到台下坐着三十多位自己的老师和数学界的前辈，心情更加窘迫，一时不知如何是好。他在黑板上写了题目讲了几句，又转到黑板上写起来，他写了很长的时间就不再讲话了。台下的听众开始小声议论起来，陈景润更加不知如何是好。华罗庚走上台来，对大家说：“陈景润不善讲话，我来替他介绍。”

讲完以后，华罗庚还做了评论性的发言，高度评析了陈景润的成果。台下的人看到华罗庚这样不嫉才贤，心里都十分敬佩他。

陈景润是厦门大学三个提前一年毕业的学生之一，在学校时的成绩相当出色。但是谁也没有想到把这位数学天赋很高的毕业生分到北京四中的讲台上是一个错误。四中是北京市最好的中学，把优秀的毕业生分配去原本是一件好事，据厦门大学的校长王亚南回忆："陈景润不善言谈，本来以为这个缺点不会成为他走上讲台的障碍，可谁能想到，这个陈景润天生是一个搞研究的料子？当他置身欢欣雀跃、天真烂漫的学生中时，陈景润紧张得说不出话来，还能讲什么课呢？”

当陈景润的档案发到北京市文教局时，当时的教育局负责人认为，厦门大学数学系的高材生，做一名中学教师还有什么可以挑剔的呢？可当陈景润到北京四中报到时，他那浓重的福建口音，口齿不清的表达，使得当场的老师和四中领导认定陈景润不是一个合格的教师。

据北京四中的退休老师周长生回忆："在四中的历史上，从来没有设过专门批改作业的老师，可是，陈

陈景润（左）、华罗庚（中）、北京航空学院副院长沈元在一起。陈景润上中学时，沈元老师向他讲述了哥德巴赫猜想。

景润已经安排到我们学校，总要给他安排一个工作。于是，陈景润就成了专门批改作业的老师。”

陈景润沉默寡言，人们对他的了解很少，一般的同事仅知道他是厦门大学毕业的，是福州人，其他就什么也不清楚了。他没有什么作息时间表，除了吃饭、睡觉，就是读书、演算和帮学生批改作业了。

瘦弱、矮小的陈景润在北京四中工作一年多的时间里，就生了六次病，住了三次医院。1954年秋天，学校领导“安排”陈景润回家休养一段时间后，想等他身体好了再安排工作。从此，陈景润开始了他一生中最艰难的生活。

回到家中，陈景润没有告诉家人是被学校赶出来的，他搪塞父亲说自己身体不好回家休养。身体好转后，陈景润躲进自己的小屋里钻研数学。开始几个月，北京四中还给陈景润按月邮寄工资来，可后来父亲和哥哥不见北京寄钱过来，心里也渐渐明白陈景润是被学校赶出来的。父亲和哥哥也不忍心揭穿他的谎言，只是劝陈景润安心养病。知子莫若父，父亲清楚让陈景润上课，那口才实在难以让人接受。

时间久了，陈景润也觉得不能总是让父亲和兄长为自己的生活奔波，再说他在四中工作时的积蓄也全部花光了，陈景润不得不为自己的生计考虑。陈景润去集市上逛了一圈，觉得做生意决非他能干的事情，便去书店看书。陈景润是不受书店欢迎的客人，售货员都认得陈景润，只看书，从不买书，每每被售货员拒绝。

陈景润漫无目的地在街上走着，突然想到既然有人要读书，为什么不能摆个租书摊子呢？想到这里，陈景润赶忙跑回家去，把自己全部的书找出来，全是一些难以读懂的数学书和讲义，这会有几个人看呢？

父亲和哥哥听说陈景润要摆书摊，就各自从家里拿出钱来为陈景润买小人书和一些文学故事书。

书摊开张了，生意并不算差，每天收入也有一二块钱。可是，陈景润没有营业执照，工商管理人员总是要来找麻烦的。陈景润苦想冥思，终于想出了一个办法，执照没有，我有毕业证书。从此，陈景润的书摊上挂起了厦大毕业证书，上面有校长王亚南的印章。

这一招果然很灵，来看书的人多了，工商局也不管他，但是，街头巷尾里都在议论：一个厦门大学的毕业生在街上摆书摊。新社会了，国家花那么多钱培养他，他怎么干起老头老太的营生了。

当时的社会，国家人才紧缺，许多单位要大学生都分不到一个，陈景润这样做自然会受到社会的非议。

消息传到厦大校长王亚南那里，王亚南最能理解人的价值，他和陆维特书记协商后，发出公函，决定

华罗庚教授在给学生们解答数学问题

把陈景润调回厦门大学安排工作。陈景润接到公函激动得流下了眼泪。

陈景润重回厦大，犹如走失的孩子，重新回到母亲的怀抱，他夜以继日地工作，发起了对数学高峰的冲刺。

在北京论文报告会上，华罗庚看出陈景润是一个孤僻寡言一心一意搞研究的人。他不在意这位年轻人的口讷和怪癖，他看中的是这位青年人所表现出来的数学天赋。华罗庚没有像往常一样，提出问题试一试陈景润的基础，他相信这个青年人是一位沉默的耕耘者。华罗庚心里开始盘算着要把陈景润调到中科院数学所来工作。的确，华罗庚是慧眼识英才，在他的指导下，陈景润后来取得了世界瞩目的数学成就，成为继华罗庚之后的对世界数学有影响力的又一位中国学者。

有一位新闻记者曾问过华罗庚，为什么要调陈景润到中科院数学所工作，这不是给自己培养对手吗？

华罗庚笑着回答说："我们应该注意到科学研究在深入而又深入的时候，出现的'怪癖''偏激''健忘''似痴若愚'是正常的。那种不对具体情况进行具体分析而胡言乱语是不合乎辩证法的。鸣之而通其意，正是我们热心于科学事业者的职责，也正是伯乐之所以

为伯乐。陈景润是一个肯动脑筋的人，一定会取得成绩。我们都是为新中国努力贡献的学者，怎么会是对手呢？”

仔细想来，华罗庚和陈景润的经历有许多相似之处。他们都做过中学的教员，一个在金坛县初中，一个在北京四中；也都曾当过高校的资料管理员，一个在清华大学，一个在厦门大学；也都在关键时刻承人相助，一个被熊庆来领进清华园，一个是被厦大王亚南“收留”；也都曾是敢于挑战前人的学术成就的勇者，一个是对苏家驹的“五次方式代数解”提出质疑，一个是修改华罗庚的经典著作。可谓是相同的经历触动了华罗庚的同情心。著名作家和诗人徐迟说：“熊庆来慧眼识罗庚，华罗庚睿目识景润。”

1957年，在华罗庚的积极努力下，中国科学院数学研究所致函厦门大学，要求商调陈景润到数学所工作。

校长王亚南欣慰地说：“我们把陈景润‘收留’到厦大，真是把国家的栋梁从书摊上捡了回来。”

由于陈景润在厦门大学数学系的工作无人接替，厦大暂不同意放人。

1957年3月，华罗庚委托陆启铿利用参加厦大校庆科学研讨会的机会，再一次与厦门大学商榷调动陈景润的事宜。1957年9月，在华罗庚的直接关心下，陈景润终于调到了中国科学院数学所工作。

二十世纪五六十年代，正是华罗庚年富力强的鼎盛时期，在他的带领和指导下，华罗庚的学生们也取得了惊人的成就；王元在1956年到1957年，将苏联数学家布赫希塔布的（4+4）改进为（a+3）；1962年，潘承洞证明了（1+5）；1963年，潘承洞、巴尔巴思（苏联）和王元又都证明了（1+4）；1966年，陆启铿在一篇论文中提出一个猜想，被国际数学界称为“陆启铿猜想”等等。中国数学界的科技之花竞相开放，在国际科技舞台上，开创了一个前所未有的新局面。

华罗庚在撰写科学著作

拓展阅读 TUOZHAN YUEDU

华罗庚的学生——陈景润

华罗庚对陈景润有知遇之恩，陈景润视华罗庚更是“一日为师，终生为父”。师生之间的浓情厚谊在数学界传为美谈。

回忆在中科院工作的日子，陈景润如是说，我从一个学校图书资料室的狭小天地走出来，突然置身于全国名家高手云集的专门研究机构，眼界大开，如鱼得水。在数学所党委的直接领导下，在华罗庚教授的亲切指导和帮助下，我在这里充分领略了当时世界上最先进的数论研究成果，使我耳目一新。当时数学所多次举行数论讨论，经过一番苦战，我先后写出了华林问题、圆内整点问题等多篇论文。这些成果也凝结着华老的心血，他为我操了不少心，并亲自为我修改论文。我每前进一步都是同华老的帮助和指导分不开的。正是华老的教导和熏陶，激励我逐步地走到解析数论前沿的。他是培养我成长的恩师。

拓展阅读
TUOZHAN YUEDU

华罗庚指导学生的方法是以自学为主，指定一些要读的书，参加一些讨论班，并平均两周和学生谈一下专业。在一个权威人士的带领下，不同学科的人员共同探讨同一个课题，是华罗庚从事研究和培养人才十分显著的特点。

华罗庚很少评价他的学生，何况他有那么多的学生，评价不当容易引起误会。他最多只是在个别谈话时偶尔讲几句。华罗庚曾单独对王元说过："我的学生的工作中，最使我感动的是（1+2）。"当王元提起他学生的一些其他纯粹数学结果时，他仍然重复一遍："最使我感动的是（1+2）。"

华罗庚（左）与陈景润

不为个人而为人民服务

其实，早在20世纪50年代末，华罗庚就开始关心我国的计算机的应用与发展。那是1959年秋天的一个上午，华罗庚坐在办公室里翻看美国数学会寄来的一份数学刊物。一个熟悉的名字映入眼帘，著名的计算机专家冯·诺依曼教授。华罗庚一下子陷入无尽遐思。他开始思索起我国的计算机研究的事情。

回国这么长一段时间了，虽然为国家做了不少有益的贡献，但是他自己总觉得是在书斋里转圈圈，这样下去，岂不太脱离实际了，我应该把所学到的知识应用到工农业生产中去，为社会实践服务。美国制造计算机，我国也不能甘落人后。计算机不仅是科学技术发展的不可缺少的工具，也是对工农业生产十分有用的。想到这里华罗庚情不自禁拍案而起，在场的他的学生和同事们都吃了一惊，以为发生了什么事情。

华罗庚产生这个想法，并不是一时的冲动，

计算机专家冯·诺依曼教授曾是华罗庚在美国工作时的好朋友。1946年，当这位教授在美国的宾夕法尼亚大学发明了这部机器的时候，邀请参观的首批科学家中就有华罗庚。所有的科学家都对这台机器感兴趣，不仅仅是因为这台神奇的机器会运算，更重要的是计算机的诞生，将会给人类展现一个新的充满希望和奇迹的科技世界。

当时，华罗庚围着计算机，向冯·诺依曼教授问这问那，冯·诺依曼也热情地介绍了机器研制过程和基本原理。华罗庚心里明白，这台机器对于一个国家来讲意味着什么：科技先进，民族富强。这也就是华罗庚念念不忘研制计算机的原因。

华罗庚心急如焚，立即就去找中科院的领导和专家商量这件事，希望能在数学所里成立计算机研究小组。这一想法很快得到上级领导和党委的批准。在刚刚建立起来的新中国研制计算机可不是一件谈着玩的事。国内没有一个专门人才，而且当时国际上有关计算机的资料是保密的。特别是对新中国，这方面的资料更加封锁，全国几乎找不到一本系统而完整地介绍计算机的图书。华罗庚带领闵乃大、王传英和夏培肃三个年轻人不畏困难，从英文期刊中查找零散的有关计算机方面的文章，经过大半年的准备以后，终于初步搞出了研制电子管计算机的技术资料。后来，经周总理批准，计算机技术被列为国家急需的紧要项目。

在当时的环境下，工农业生产的确需要大量的科学技术指导，新兴的旧中国工业基础落后，劳动者的文化素质相对较低，的确需要一大批学有所长的人到工农业生产实践中去指导他们。一些高深的研究对当时的现实来讲，一时发挥不出高效益来。

我国从1957年开始研制通用数字电子计算机，1958年8月1日该机可以表演短程序运行，标志着我国第一台电子计算机诞生。

有一次，华罗庚阅读了毛主席写的《实践论》后，使他大有感悟。1953年，华罗庚第二次访问苏联时，有位苏联科学家对华罗庚说：“如果你们遇到了困难，可以在毛主席的著作中去寻找解决的方法。”

当时，华罗庚并没有想到毛主席的《实践论》对科学研究有这样大的指导作用。现在读来，苏联科学家的说法的确有道理。1955年3月1日，华罗庚发表了一篇读《实践论》的体会文章说：

“毛主席《实践论》是对科学研究工作最有用的文章。任何刚从事科学研究工作的人都必须精读此文，这不仅在目前，并且在将来，在科学研究的一生中都会得益匪浅的。”

华罗庚在《实践论》的启发下，顶着讥讽从“理论数学”到“人民大众的百万人的应用数学”，绝非华罗庚“江郎才尽”，也不是为了个人的沽名钓誉，而是按照毛主席给他信中倡导的“不为个人而为人民服务”的精神，从书斋里走出来，成为人民的数学家。

华罗庚心里想：我的数论、多复变函数论、矩阵几何怎么能联系实际呢？我怎样才能最有效地为人民服务？读了毛主席的《实践论》之后，华罗庚恍然大悟：我应该到生产实践中去，到群众中去，把技术送到人民群众的门口，在实践中寻找课题。

为不甘心做脱离实践的数学家，华罗庚走访了许多工厂，深入到农村田头，他发现工厂和农村管理工作相当落后，许多工厂的生产安排、产品检验和机器维修等方面缺乏科学的管理思想。于是，华罗庚想到了把数学方法用到生产管理上去！

说干就干，华罗庚带着助手和学生深入大西南。他们一行来到一个村寨。农民们从来没有见过科学家是什么样子的，于是纷纷赶过来看热闹。人们七嘴八舌地说着，华罗庚笑眯眯地听着。华罗庚因为在西南生活过几年，因此老乡们的话他都能听懂，而且还会说上一两句当地的土话。这样一下子就把科学家与农民们的距离拉近了。华罗庚听清了农民们谈的是怎样修建打谷场的事。

原来当地有六个村寨要联合建立一个联合打谷场，什么地方是最合理的呢？华罗庚心里明白打谷场选址是否恰当，直接影响农民们的生产和农活安排。华罗庚派学生陈德泉向各村寨会计了解每年的粮食产量情况，让计雷去队长那里了解各村之间的距离。

晚上，六个寨子里的情况全部摸清楚了，他对学生们说："用线性规划指导农业生产大有好处，眼前的问题来了，我们应该做好这件事情，才是服务于农业，支持农业。"

经过师生的研究和讨论，最后确认打谷场的最好位置应该是：使沿每一条道路运送的麦子的数量小于总量的一半。他们画出了一张简易的草图，得出了打麦场的最佳位置。

问题解决了，华罗庚和他的学生们非常激动，尽管这类问题从数学上讲不是什么大的难题，但是作为线性规划的生手，能成功地尝试解决实践中的问题确实令人喜悦。

第二天一大早，华罗庚就和他的学生们进寨子指导修建打谷场。农民们见到这批科学家们一夜就把问题解决了，消息一下子四处传开了。当地农村的薯窖、蔬菜集运、肥料集中点相当多，周围的农民纷纷来访求教。

华罗庚想：光靠我们几个人是无法满足这么多农民的需要，为了便于让农民能够自己掌握和应用，华罗庚编了一个口诀："道路不成圈，比各端，小半进一站，大半设麦场。"后来，华罗庚把枯燥无味、深奥难懂的统筹学写成《统筹法平话》，让工人、农民都能看懂。

在华罗庚的竭力倡导下，"统筹法"和"优选法"在20世纪60年代初很快推广开来，为我国工农业生产管理的现代化起了很大作用。

华罗庚并没有为初步取得的成绩而沾沾自喜，他知道统筹法也处于刚刚使用阶段，能否成功还要看在今后的生产实践中的应用。

1964年秋季的一天，华罗庚突然出现在四川安顺的西南铁路建设指挥部里。崇山峻岭之中，爆破的轰鸣声此起彼伏，烟尘滚滚，施工的号子，发出巨大的回声，不时传到指挥部里来。

"大专家从北京来了，华罗庚要和我们一起修铁路了！"

"他是搞数学的，又不是搞技术工程的，对修铁路有什么用呢?”

“听说他还要做报告呢!”

的确，华罗庚这个搞高等数学的专家为什么不待在研究所里，而跑到这荒山野岭的铁路工地上来呢?

他访问了一些工厂和农村，发现无论是工厂还是农村，管理工作都非常落后。

“能不能把数学方法用在管理上呢?”有了这个想法之后，他收集、阅读了国外大量的有关资料，从理论上进行了计算。最后，他决定用统筹学和优选学作为研究应用数学的起点。目标选定了，他就努力地去实现它。在2年时间内，他完成了我国第一部科学管

华罗庚教授深入农村推广优选法和统筹法

华罗庚在农村访问了解用统筹法科学安排种田获得丰收的情况

理专著——《统筹法平话》。此书通俗易懂，容易为工人和农民所接受。

正在这时，他忽然收到西南铁路建设指挥部总指挥韩光的邀请信，邀请他到大西南去，希望他用科学的数学管理方法支援成昆铁路的建设。他当即复信表示接受邀请。他知道，在蜀道难，难于上青天的四川，人们正在冒着生命危险攀悬崖、登峭壁，披荆斩棘，在人迹罕至的地方流血流汗；那里没有舒适的花园洋房，没有羊羔美酒和玫瑰花。这时，他的心情是，明知山有虎，偏向虎山行！纵然前面是地狱，他也要大步地走下去！

在来到西南铁路工地上的第一天，华罗庚就不顾旅途疲劳，匆匆地赶到施工地点给工人们讲统筹法，他说：

“同志们！坦白地说吧，用统筹法能不能提高效率，现在我还没有把握。这次，我是抱着向工人同志们学习的想法来的。过去，我教书的时候总是夹着一本书，如果不夹书，我的肚子里也有一大本书，现在，搞应用数学，我还是刚刚开始学走路，如果大家一定让我讲的话，我的讲稿只有几页。”

人们听了华罗庚这番推心置腹的话，反而越发觉得他可亲近了，专家和群众之间无形的距离似乎也大大缩短了。顿时，大家又是鼓掌，又是催促道：“快讲吧，讲得越简明扼要越好！”

华罗庚笑眯眯地听大家讲完，把示意的图表挂起来；手里拿着一张纸，他一面折纸，一面大声地宣讲起来。讲完以后，又谈了在施工和运输中应用统筹法的问题。

这是一个艳阳天，山坡上、山沟里坐满了工人和解放军战士，他们目不转睛地注视着这位世界闻名的数学家，全神贯注地谛听着他讲的每一句话。华罗庚一扫昔日在高等学府讲课时温文尔雅的风姿，竭尽全力从脑海里搜寻着大众化的词句。一个小时过去了，两个小时过去了……他直到讲得口干舌燥、满头大汗，依然毫无倦意。讲完后，大家三五成群地组成统筹施工战斗组和统筹运输战斗组，热火朝天地干起来。华罗庚见此情景，心情非常激动，他把自己的学生和助手们组织起来，参加铁路工人的艰辛劳动。

在西南的8个月里，华罗庚和他的学生们吃尽了苦头。白天，他们气喘吁吁地出没在高山险路和人迹罕至的“一线天”“鬼见愁”“摘帽沟”里；夜晚，拖着疲惫不堪的身躯和工人们一直宿在帐篷里。荒山野岭里，野兽的嚎叫，猿的哀鸣，不时划破沉沉的黑夜传到了帐篷里，令人毛骨悚然。这些不远千里而来的建设者们，还要时时提防土匪的袭击。尤其是华罗庚腿不好，在山上生活就更不方便了。

“华罗庚这么有名的大科学家，不在城里享清福，跑到这样荒凉的地方来吃苦、受罪，他图的是啥呢？”有人见了不解地说。

“听说他年轻时也很苦，到这里来还不是想多给国家出把力吧！”

“瞧，他来了，腿颠得这么厉害，走山路可真危险啊——”

“这才是人民的数学家啊！”

人们看了，感动地说。

日子一天天过去，华罗庚和他的学生们风餐露宿地奔波着，山上没有水洗澡，他们的衣服上长满了虱子，也没有水洗衣服，只好晚上睡觉的时候，把衣服脱下来抖一抖。

有一天，他们乘吉普车从成都出发，到甘洛去。这是什么路啊？人们在悬崖绝壁的山腰里挖凿一个槽就算是路。中途，汽车忽然颤动了一下来了个急刹车，大家探头朝下一看，原来再前进一点就要连车带人一起坠入万丈深渊。见此情景，人们不禁面面相觑，吓出了一身冷汗。

又有一天，汽车在山路上盘旋前进，猛然间，一个轱辘掉下去了，在这千钧一发之际，有人喊道：

“谁也别动！”

然后，有人侧着身子轻轻地爬到了车子的外面，一个个屏声敛气把人拉出来，才得以脱险。这时，大家再探头往下一看，汹涌的大渡河水正奔腾澎湃在山间。

过后，有人问华罗庚说：

“华教授，当时你害怕不害怕？”

华罗庚沉吟了一会儿，微微一笑道：“这要是在北京的话，我害怕。我会觉得非常危险！现在和工人同志们在一起，看到他们，我就觉得我们的贡献太少了，因此，也就不害怕了！”

华罗庚讲的完全是一片真心话，他一心只想尽最大的努力去促进工程早日竣工，早已把生死置之度外了。

华罗庚从大西南回到北京以后，给毛主席写了一封信，信中谈到了到大西南受到的教育，把自己写的《统筹法平话》寄给了毛主席。

1965年7月21日，毛主席亲笔给他复信说：“你现在奋发有为，不为个人而为人民服务，十分欢迎。”

华罗庚读了毛主席的信，他越发坚信自己开始注重应用数学的研究和推广是对的，在学术上做这样的战略转移是完全正确的。从此以后，他决心从书斋里走出来，走向大自然的广阔天地，立志把知识还给人民，为人民服务。

学青松凌霜傲雪

1969年的一天，华罗庚去外地推广“双法”回北京后，听说自己的恩师熊庆来去世了，顿时泪满涕流。他不顾旅途的劳累赶往八宝山公墓，去见上自己的恩师最后一面。

熊庆来是1949年9月离开祖国去巴黎参加联合国教科文组织第四次会议的。当会议结束时，祖国已经解放，原来的云南大学已经解散了。熊庆来逗留在巴黎以家庭教师为生。由于听到海外敌对势力的宣传，熊庆来迟迟不敢动身归国。

华罗庚归国后，踌躇满志地创建了数学所。听到熊老师的遭遇后，立即写信给熊庆来劝其归国服务。华罗庚以数学所的名义，请国务院专家局把熊庆来的妻子和孩子从昆明接到北京来住，而且设法帮助安排工作。熊庆来在巴黎收到妻子的来信，立即收拾行装回国服务。

华罗庚看着恩师的遗体，泣不成声，他觉得自己对不起老师。由于当时的特定历史环境，熊庆来的骨灰一直没有得到妥善的安置。直到“四人帮”粉碎以后，中国科学院于1978年在八宝山公墓为熊庆来举行了隆重的骨灰安放仪式。在熊庆来骨灰安放仪式上，华罗庚写了一首诀别词《哭迪师》：恶莫恶于除根计，痛莫痛于不敢啼。试题已入焚化间，谁是？翻遍盖面布，方得见遗容一面，骨架一层皮。往事滚滚来，如实又依稀……往事休提起，且喜今朝四凶殆灭，万方欢喜。党报已有定评，学生已有后起。苟有英灵在，可以安息矣！

回到北京后，华罗庚顾不得休息，给中国科学技术大学的全体师生做演讲报告（当时华罗庚任科大副校长），他讲了自己身处大西南筑路英雄们艰苦奋斗中的体会和受到的教育，鼓励学生毕业后到艰苦的地方去。同时，华罗庚也讲了在实际生产中，由于计算不准确而造成大量的生产事故和人员伤亡。学生们听了以后都非常激动，纷纷表示愿意走出课堂，到实际生产中去寻找课题。华罗庚接着讲了统筹法和优选法在工农业生产中大有可为。统筹法主要是解决管理上的问题，把生产合理安排，统筹安排人力物力，尽量减少窝

工现象，使生产多、快、好、省。优选法主要是解决产品质量问题，以最少的试验次数，迅速掌握最佳的生产方案，也可以尽快找出影响产品质量的因素，达到优质。讲到这里华罗庚还讲了一个实例：

上海有一个工厂要求华罗庚研究小组帮助解决零下40℃润滑油不凝固的配方的配比问题。华罗庚带着学生们来到工厂后，厂里的工程师说："我已经研究了半年多，做了137次试验，每次试验都不成功，最好的一次也只能降到零下36℃。我已经失去信心了。"

华罗庚对这位工程师谦虚地说："你能把做过的数据给我们研究研究吗？"

那位工程师将信将疑地把数据给了华罗庚。

华罗庚看了看试验的数据，用优选法中的"梯度法"对数据进行处理，然后请工程师根据他计算的数据再做配方试验，结果一次成功。温度降到了零下42℃，润滑油仍不凝固。

那位工程师感慨地说："我花了半年的时间都不行，没想到华教授仅用了半天时间，优选法真妙！"

讲到这里，学生们齐声鼓掌，这是华罗庚和他的学生们第一次正式在生产实践中用优选法做试验。科大的学生听了后，很受鼓舞，许多学生开始研究和学习"优选法"和"统筹法"，后来，许多人成了推广

“双法”的骨干力量。

从1970年到1976年的7年时间里，华罗庚踏遍了全国四分之三的地区，所走的路程加起来可以绕地球四圈半。在武汉的工厂里，在大兴安岭的森林里，在黑洞洞的矿井里，在油田的钻井旁，都留下了他的足迹。他走了一个省又一个省，传“优选”之经，送“统筹”之宝，一旦生产使用后有效了，他顿时忘了病痛和疲劳，露出了孩子般的憨笑。

有一年，山东交通运输部门采用了优选法，一个月就节油六十九万三千公升。

有一年，解放军某部推广了半年优选法，节油两千多万公升。

有一年，十七个省的粮油部门用优选法增产节约了五千万斤粮食、五百万斤油脂。

渐渐地，华罗庚的身体在这繁重的工作中垮下去了。1975年夏天，华罗庚在哈尔滨病倒了。

一天深夜，人们都已经入睡了。华罗庚的学生陈德泉隐约听见一阵微弱的敲击声，从华罗庚住的房间里传出来。他推开门进去打开灯一看：

华罗庚躺在沙发上，脸色苍白，嘴唇发紫，浑身出冷汗，陈德泉吓坏了，赶快请来了医生和领导。

医生一检查：心肌梗塞！

“能不能转移到医院里?”

“不能动，千万别动！一动就有生命危险，心电图很乱，很微弱，大家不要围在这里，让他一个人躺着……”

人们一听，慌忙把科学院的一位副秘书长请来了。

华罗庚见了，泪如雨下。他伸出颤抖的手拉着这位副秘书长的手说：

“请你转告党中央，我——毛主席交给我的事，没有做好就病倒了，我对不起党，对不起毛主席！”说完，热泪簌簌地落下。

华罗庚的长子华俊东和儿媳柯小英、长孙华云，接到病危通知后，也从北京连夜赶来，大家日夜守候在病床边，华罗庚看到大家为自己担心，很过意不去，人们把他送往医院。他认为生命危在旦夕，但对死亡毫不畏惧，神情自然而轻松，还对搀扶他的陈德泉乐呵呵地说：

“小陈——咱们的工作还得搞下去呀！这十几年，这条路是咱们一块走过来的，如果我不行的话，我希望，这条路你们坚持走下去!”

“华老，你放心，你放心——我们愿意跟着你干!”陈德泉连连说。

“好!”华罗庚说。

路上，他又断断续续地、喃喃地说道："如果什么时候党说这条路错啦，我马上改……"

华罗庚住进了医院，医生关照，要谢绝一切探视。

大庆的工人和劳动模范们，大连机车车辆厂的工人们闻讯后，纷纷专程赶来。医生阻拦住了，工人们站在医院的走廊上掩面哭泣。

病情渐渐地转危为安了，华罗庚在病床上思绪翻涌，写下了这样的诗篇：

"呼伦贝尔骏马，珠穆朗玛雄鹰，
驰骋草原志千里，翱翔太空意凌云，
一心为人民，
壮士临阵决死，哪管些许伤痕，
向千年老魔作战，为百代新风斗争。
慷慨掷此身。"

在那些乌云翻滚的日子里，华罗庚没有被威胁吓倒，他仍然埋头搞应用数学，坚持走自己的路，因为他相信，正义会战胜邪恶，科学的春天一定会到来。

1976年，周总理、朱总司令和毛主席相继逝世了。在那些举国哀悼的日子里，中秋之夜，他独自一个伫立在宁静的庭院里，仰望星空，心中无比地惆怅，深为党和国家的前途和命运担忧，想起多年来毛主席和周总理对自己的教诲，决心尽自己的微薄的力量为党分忧。回到书房里，他眼含热泪又一次写下了入党申请书。

不久，北京全城锣鼓、鞭炮齐鸣，成千上万的人们涌上街头狂欢，庆祝粉碎了“四人帮”的历史性胜利。

在欢庆的日子里，华罗庚欣喜若狂，欣然提笔写下了《喜迎数学的春天》这篇文章，他满怀激情地写道：

“科学的春天，当然也是数学蓬蓬勃勃、郁郁葱葱的春天，作为一个年岁较大的数学工作者来说，更不该老骥伏枥，空怀千里之志，而应当快马加鞭，为祖国为人民贡献出自己的全部余年。”

欧洲讲学

中国，这个屹立在世界东方的古老的国度，几个世纪以来，她的大门对世界是紧闭着的。对于欧洲大陆来讲，这块神奇的国土更是陌生。从新中国建立开始，当沉睡的雄狮苏醒的时候，当那扇大门慢慢向世界启开，从这扇大门外面向里看到的首先是一串串璀璨的明珠。

华罗庚无疑是其中的一颗明珠。他身在国内，而名声为国际数学界流传。

1978年，当中国实施改革开放的政策的时候，华

华罗庚经常去工厂和工人一起总结生产实践中的经验，进行科学研究工作，使科学研究工作为生产服务。

罗庚作为数学界的泰斗，首当其冲地成为国际数学界“探秘”的对象。世界要了解中国，数学界想知道这位数学巨星这么多年来研究了什么！尤其是数论方面。

1979年5月到12月，应伯明翰大学利文斯道教授的邀请，华罗庚开始了历时9个多月的欧洲访问，这是建国30多年来华罗庚第一次去西方讲学，妻子吴筱元不无担心地对华罗庚说：“十年了，你连图书馆都没去过，还能比得过人家吗？”

“尺有其短，寸有所长。”华罗庚回答说。

谈到这里华罗庚不免有所顾虑，这次去伦敦可不比43年前，自己的访问成败，直接影响到祖国的荣誉。

1979年5月华罗庚和他的随行人员应邀赴英国、

荷兰、法国、德国四国讲学。他们以伯明翰大学为基地，在英国的学术机构和大学里进行讲学活动，受到了英国学者和专家的尊重和欢迎。

9月的一天，华罗庚和随从人员到住地附近的一家中国餐馆吃饭，餐馆的老板一眼就认出久负盛名的数学家华罗庚。餐馆老板彬彬有礼地走到华罗庚他们的桌边说："能接待您这样的著名数学家这是本店的荣幸，这顿饭菜本店愿意免费服务。"

"谢谢您，不必了！"华罗庚笑吟吟地说。

"我也是中国人，能为您服务一次，也算是尽一点爱国之心！我们都晓得，明天您要在伯明翰大学演讲。"

华罗庚非常惊讶，一个开餐馆的老板，怎么会知道我讲演的题目的呢？

"你是怎么知道的呢？"

"街上贴着海报呢！"

吃完饭走出餐厅，华罗庚也注意到贴在大街上的海报。在国外，华罗庚的名字总是与数论相联系，而这次，华罗庚讲的却是应用数学。他把十几年来统筹法和优选法推广过程中所总结出来的经验和体会以及在国内实验时的实例结合起来讲解，他讲得十分生动，在伯明翰引起了轰动。伦敦数学会、剑桥大学、曼彻斯特大学等纷纷邀请这位数论学家讲应用数学。

一位应用数学的副教授感慨地说："谁能相信，一个理论数学家能在应用数学上舍得花这么多的时间并且取得这样大的成就！"

伦敦数学会秘书长辛麦斯特博士听完报告后，邀请华罗庚去英国伦敦讲学。几天后，他写了一封信给华罗庚，信中说：

……我个人认为，您的经验除了中国外，对其他许多国家的情况也是完全适用的。即使在英国，好的科学家要解决实际问题，仍然存在很大差距。虽然我们给很多工程技术人员讲授数学，但令人失望的是，他们中却很少有人经常以数学头脑思考问题。我只能期望，数学界能把您的榜样铭记在心里，而去做出实实在在的成绩来。

华罗庚到了英国，参加了两个学术性会议后，英国的学校已经放暑假。华罗庚利用这两三个月的时间，整理整理零乱的资料和思绪，他列出了十个数学课题：多复变函数论、偏微分方程、矩阵几何、代数、优选法、统筹法等。华罗庚的讲题可以任邀请他的大学选择，多数大学都选择了自己的学校里专长的讲题，而每每还要请华罗庚再讲一讲优选法和统筹法。

随从的人员善意地担心华罗庚"江郎才尽"，华罗庚轻松地回答说："别忘了我有个'里通外国'的资本！"

“文革”期间，通讯联络中断，许多知识分子无法主动接受外面的信息。而华罗庚与他们不同，他不与国外同行联络，但是他的名声在国际上已经流传很久，一般国外学者取得什么成就或是出了什么书，都会主动地寄一本给华罗庚，而华罗庚每每从这里了解到国际数学界的发展。

这次在英国讲学，当人们发现华罗庚对相对论有独到的见解后，伯明翰大学主动邀请他做了《对狭义相对论的几点见解》报告。华罗庚外出推广“双法”的时候也从不停止理论研究，他白天和学生们一起做调查、下工厂，晚上夜深人静之时，他开始阅读理论书籍。

华罗庚的到来，引起了欧洲各国学术界的轰动。华罗庚的每一次演讲都是一个较大范围的国际学术会议，许多国家的学者，纷纷赶到华罗庚做报告的地方。

有一天，一位从曼彻斯特赶过来的数学家对华罗庚说：“20年前，我选择了数学，是因为从您的自学经历中得到鼓舞，而现在我能幸运地见到您，聆听您的讲演，我感到非常激动和无憾！”

也有许多根本就不认识和不了解华罗庚的学者，他们仅是从老师或长辈那里听说过华罗庚的名字和他非同寻常的人生经历。有一位大学教授说：“L.K. 华是我们上中学时，从数学老师那里听说过的名字，在我的心目中，他的名字是和那些先后去世的老一辈数学家们排列在一起的。谁能想象得到，像这样的一位知名的学者会突然出现在英国，出现在我们中间。他是一个伟大的数学家，他的精神和品格同他的学识一样铭记在我们心间。”

有一位台湾旅居英国的学者兴奋地对华罗庚说：“我来伦敦15年了，我从来没有看到过一位华人站在讲台上，引起如此的轰动。您为我们中国人争了光，是我们中华民族的骄傲。如果华教授不反对，我邀请您去台湾讲学。”

由于当时两岸关系尚没有松动，华罗庚对这位热情的台湾学者说：“对您的邀请我非常感谢，我希望我能有机会去台湾讲学。”

有一位西方新闻记者问华罗庚：“听说40年代，您在美国普林斯顿大学任教授，年薪已达到两万美元，而且有良好的研究环境。如果您留在那里，那么您可能取得更大的成就。回国后，您的收入仅有在国外的百分之一，而且由于政治动荡，研究环境变得十分恶劣，您有没有后悔过呢？”

华罗庚摇了摇头，略带微笑地说：“回到自己的祖国我有什么后悔的呢？青年时代，我远渡重洋寻求知识，就是为了苦难深重的中华民族，为自己的祖国和

华罗庚在两淮煤矿现场与高层管理人员讨论开发方案

人民服务，哪怕牺牲我个人的全部也是值得的。梁园虽好，可非久留之地！我的根在我的祖国。对一个有理想的人来说，生活环境的变化是肤浅的东西，而实现自己的价值才是深层次的，谁有理由不热爱自己的祖国呢？热爱自己的祖国是一个永恒的真理。"

在场的参加聚会的知名人士听了，都十分敬佩地点了点头。

那位新闻记者非常激动地说："您是我见到的人中最优秀的！"

应法国科学院的邀请，华罗庚访问法国。在这块古老的土地上，曾出现过无数杰出人物。法国的南锡大学第一个把荣誉博士的桂冠戴在华罗庚的头上。

在法国南锡大学的礼堂里，人们像过节似的，姑娘们穿着色彩缤纷的裙子，活跃在来自全法国的一百多位身着大红大紫的博士礼服的博士们中间。戴着博士帽，穿着红黑相间礼服的华罗庚，肃立在大厅的中央，等待着南锡大学的校长为他颁发博士学位证书。与华罗庚一起被授予荣誉博士学位的还有比利时、英国等五位科学家。

当大会主持人介绍华罗庚在数学上所取得的成就时，全场响起热烈的掌声，大会主席为华罗庚披上绶带，颁发了证书和勋章，乐队奏响了雄壮的中华人民共和国的国歌，华罗庚情感升腾了，他抑制不住激动的泪水，他心里想到的是：荣誉属于我的祖国！

在法国科学院华罗庚受到热情地款待，许多院士前来向华罗庚表示祝贺。一位85岁的老院士对华罗庚说："我平时很少参加会议，听说你来了，我特地赶来参加。几十年前，和哈代共过事，从他那里听说过你的名字，如果你那时申请剑桥大学的博士学位完全有可能的，哈代一直觉得你是一个奇怪的人。今天能见到你，我非常高兴！"

1979年8月22日在伯明翰，香港著名武侠小说作家梁羽生采访了华罗庚。当时，梁羽生只是香港的一位新闻记者，采访一开始他就对华罗庚说：“湖山矿劫三吴地，何日重生此霸才?”这是清代大诗人龚自珍路过元和（今江苏吴县）时为怀念“目录学”大师顾千里而作的一首诗。诗中的“三吴地”指的是江苏南部，自然包括金坛。

梁羽生接着对华罗庚说：“龚自珍此问，现在有了答案。‘喜见天公重抖擞，不拘一格降人才！’这人才降在了金坛。金坛出了你这位数学家呀！”

“不敢当，哪里敢说是人才。”华罗庚笑着回答说。

“华老听说您一生遭到三劫，第一劫是您二十岁时，贫病交加，一场伤寒差点丧了命；第二劫是您三十岁时，您的著作《堆垒素数论》手稿，被国民党中央研究院丢失，这对你的打击并不亚于那场伤寒病；第三劫是心肌梗塞发作昏迷六个星期。你说是吗?”

“看来梁先生采访我时，看了不少资料呀！”华罗庚打趣地说。他点了支烟接着又说：

“不过你不知道我还有过第四劫！”

“华老能否讲给我听听?”梁羽生以记者的新闻敏感迫问道。

“第四劫呀！最难过那就是自满！”

梁羽生听后笑了起来，接着又问：“华老，您能否谈谈来英国、法国等地访问讲学的体会和想法呢?”

华罗庚在等离子体所参加八号工程奠基仪式

华罗庚谦虚地说："谈不上讲学，我是来学习的，看一看国际数学的发展情况。多年没有交流了，国外值得我们学习的东西很多。科学研究最讲究实在，松一松你就落下去了，顶一顶也就冲上去了。一空一松做不出学问来。在金坛自学的时候，如果我不咬咬牙顶上去，可能我一辈子也就是一个小店员了。"

"听说美国也邀请您了，这是真的吗?"梁羽生问。

"是真的!"华罗庚回答说。

"听说你准备了许多讲题，而且每到一所大学，你都讲人家擅长的?难道你没有担心吗?"梁羽生又问。

"是的，我准备了10个课题，人家选什么我就讲什么。中国有句古话：不要班门弄斧！岂不知，不去鲁班家讨教木匠活又怎么能学到好手艺呢？我讲哥德巴赫问题，听的人也会觉得讲得很好，很有学问，但是我能学到什么呢？”

梁羽生听了，心想：班门弄斧还真有道理。的确，班门弄斧总比不敢去班门弄斧的好。

“华老，您从事数学研究几十年了，在数学的许多方面你都取得了突出的成就，可以说是功成名就了，回国后，你有什么打算呢？”梁羽生问。

“曹操写过‘老骥伏枥，志在千里，烈士暮年，壮心不已’。我是这样想：老骥耻伏枥，傍随千里驹。壮士垂暮年，实于永不虚。”

梁羽生深深为这位老人的奉献精神所感动。回香港后，梁羽生写了《华罗庚传奇》，在《花城》杂志上发表。

全国五届人大常委、中国科学院副院长、著名数学家华罗庚和内蒙古自治区各族青少年在一起。

华罗庚不愧为中国人的骄傲，在国门刚刚打开的时候，在许多双蓝眼睛神秘地窥察中国的时候，华罗庚圆满地结束了访问任务，给世界一个答案，“中国依旧了不起”。

奋斗到生命的最后时刻

粉碎“四人帮”以后，70高龄的华罗庚相继承担了一系列国家重点工程规划，例如由他主持的两淮煤矿的兴建和开采计划，为国家节省了好几千万元。与此同时，华罗庚还不顾年老多病的身体，先后到英、法、美、日等国100多所大学和研究所讲学，为祖国赢得了巨大的荣誉。

1985年6月3日，日本首都东京风和日丽，白发苍苍的华罗庚走下飞机。

还是在三年以前，日本亚洲交流协会就对华罗庚发出邀请：要他到东京讲学。不料，华罗庚因访问美国而推迟到现在，因此他非常重视日本数学界的同行们期待已有三年之久的这次访问。他希望能通过此行加强中日两国的友好关系，进行学术交流。出国前，他多次对代表团成员们说：“到了日本，要好好地向日本同行们学习，认真了解日本把数学方法、定量分析方法用于经济管理和经济决策的经验。”

华罗庚刚下飞机，就受到了日本朋友的热烈欢迎。一群少年儿童举手向他敬礼，并献上鲜花；日本学士院院长致欢迎词，称赞华罗庚是20世纪最伟大的数学家之一。这一切都给华罗庚留下了深刻的印象，使他在日本讲学的几天时间里心情很愉快。

访日前，日本数学会在访问计划中提出希望华罗庚做一次学术报告，他在访问中一直在考虑和准备这次报告，6月9日从箱根回东京后，为准备这次报告接连两天谢绝了各种活动，11日晚一直工作到深夜两点钟才入睡。

6月12日下午，他做了必要的准备，提早吃罢午饭，下午四点钟，在日本数学会会长陪同下，华罗庚准时来到东京大学。

华罗庚的学术报告安排在东京大学的一间大厅里举行，大厅里挤满了人，就连通道和门口也筑起了人墙，出现了“针插不下”的盛况。当华罗庚穿着崭新的西装，手持拐杖，笑容满面地出现在听众面前时，会场上出现了长时间的热烈掌声。日本数学会会长把这位满头银发的著名数学家介绍给听众，四点十二分，华罗庚登上讲台开始演讲，他先用中文讲，由翻译译成日语；后来讲到专门数学问题时，他征求了会议主席和听众的意见改用英语讲。会场上，鸦雀无声，听众都为能亲自聆听到这位久负盛名的大数学家的演讲而快慰，不断地用掌声向报告者表示敬意。

1985年6月12日华罗庚在日本参加学术报告会

听众反应十分强烈，华罗庚也越讲越兴奋，他那流利的英语，洪亮的声音，精湛的论述，使人听了为之倾倒、入迷。他讲得满头大汗，先把上衣脱了，接着把领带也解掉了，又继续讲。这一天，主人听说他的身体不好，虽然为他准备了轮椅，但是，他几乎一直是站着讲的。演讲原定45分钟，当规定的时间快到的时候，他看了看手表，转身向会议的主席说：

“演讲规定的时间已经超过，我还可以延长几分钟吗?”得到允许后，他继续侃侃而谈，一直演讲到五点十六分才结束，共讲了一小时零五分钟。华罗庚在暴风雨般的热烈掌声中坐下来，他说了一句人们没能听清的话，也是最后一句话，就突然咕咚一声从椅子上滑了下来。在场的中、日教授和医生们赶紧跑去扶他，他紧闭着双眼，面色由于缺氧而变得发紫，失去了知觉。

在场的日本数学会会长、东京大学教授和中国数学家们，见这情形焦急万分，赶紧分头给急救站打电话，并且千方百计地到处寻觅东京大学心脏病治疗专家杉木教授。杉木教授赶到现场后，立即指挥抢救，亲自给华罗庚做人工呼吸和心脏按压。做了两次心脏按压后，华罗庚自己已能呼吸，监视仪器上出现了脉搏跳动的波形图；医生们看到后，暂时停止了人工呼吸和心脏按压，仪器的波形又渐小，呼吸微弱。于是，医生们又开始做人工呼吸、打针；傍晚，专家和参加抢救的医生们决定送华罗庚到东京大学医院继续抢救。

两个多小时的时间过去了。人们在急救病房外面焦灼不安地等待着。当晚八点二十七分，病房的门开了，东京大学的三井医生对中国驻日本大使馆的使节和代表团成员们说：

“从六点十五分起，给病人使用人工呼吸和心脏起搏器，到现在已有两个小时，但是仍然没有血液循环，心房已无收缩力，继续抢救已经无效，是否停止一切措施，宣布去世?”

华罗庚与夫人吴筱元（右） 陈省身与夫人郑士宁（左）

在场的中国人员听了，恳求医生说，华罗庚教授是国家领导人、著名科学家，希望想尽一切办法、不惜一切代价继续进行抢救，并问是否可以采用动手术、换心脏等措施？

三井医生遗憾地对大家说：

“东京大学的急救都是日本国内抢救和治疗心脏病方面最有实力的单位，我们已经尽了最大的努力，现在是按照日本的惯例征求家属的意见，因为已经没有任何可能性把华罗庚教授抢救回来了。”

当晚十点零九分，医院宣布华罗庚教授的心脏完全停止了跳动，人民的数学家永远安息了！一颗蜚声国际数学界长达半个多世纪的巨星陨落了！噩耗传来，全国人民都陷入了悲痛之中。上至国家领导人，下至普通的工人、农民，都无不为中国失去这样一位为人民事业鞠躬尽瘁的科学家而难过。

6月14日上午，日本各界名流数百人络绎不绝地来到灵堂吊唁。人们把一束束鲜花献到灵柩前，对这位用数学为人类献出毕生精力的学者表示哀悼和敬意。专程从中国赶到日本的华罗庚教授的长子华俊东、女儿华顺和华蜜等人，凝视着他们父亲的慈祥的遗容，

华罗庚生前最后一张照片

悲伤地和这位老人做永久的诀别。

6月15日下午3时，北京天空笼罩着阴云，在霏霏细雨中，载有华罗庚骨灰的中国民航专机徐徐降落在东郊机场上。飞机的门开了。华罗庚的长子华俊东满面悲怆，他小心翼翼地用手捧着覆盖着中国共产党党旗的父亲的骨灰盒，缓缓走下舷梯时，许多在场的人们都痛哭失声。几天后，党和国家在八宝山革命公墓为华罗庚举行了隆重而庄严的葬礼。在一片哀哭声中，成千上万的人都在默念：

安息吧！人民的数学家！

建造中国的“通天塔”一定会后继有人！

华罗庚坚持真理、热爱科学、为人民服务的故事千千万万，这里摘取的只是他生活中的几朵小浪花。通过这些感人的故事，我们可以发现华罗庚从小就勤学苦练，立志报国，中年时代坚持民族气节，不为外国舒适豪华的生活所迷惑，毅然奔向新中国，晚年还抱着多病的身体为中国的科学事业而操劳，直到他生命的最后时刻，他追求的仍然是祖国的荣誉。这样的人是永远值得我们学习的榜样。我们应该继承华罗庚和其他老一辈科学家的光荣传统，为中华民族的腾飞而努力奋斗。

中华魂·百部爱国故事丛书
提　要

《誓与禁烟相始终——民族英雄林则徐》

林则徐严禁鸦片，坚决抵抗西方列强的侵略，坚持维护国家主权和民族利益。他是中国近代历史上第一位睁眼看世界的人，是抗击帝国主义殖民侵略的第一人，是中华民族抵御外侮过程中伟大的民族英雄。

《血洒虎门御敌寇——抗英将军关天培》

民族英雄关天培，在第一次鸦片战争中为了抗击英国侵略者的入侵而血洒虎门，为国捐躯，谱写了一曲可歌可泣的英雄赞歌。关天培用他的生命，书写了中国人民反抗外侮的历史。

《威震镇海靖节魂——抗敌英雄裕谦》

在第一次鸦片战争期间的众多牺牲者中，有一位官阶最高，他就是两江总督裕谦。裕谦与外国侵略者斗争立场坚定，与国内妥协派、投降派斗争态度坚决。裕谦督战镇海，与英国侵略军浴血奋战，临危不惧，以身报国，浩气长存。

《斩邪留正解民悬——太平天国领袖洪秀全》

农民出身的洪秀全，从失意文人到起义领袖，经历了长期的思想演变过程，在外敌入侵、清朝政府腐朽的历史环境之下，顺应时代的潮流，成长为一位非凡的历史英雄人物，建立了与清朝政府相抗衡的农民政权——太平天国。

《仰承汉唐　荟萃中外——近代数学家李善兰》

李善兰是我国19世纪重要的科学家之一，在数学、天文学、力学等方面都有重大建树。他继承了我国古代数学的成就，又以极大的热情传播西方科学文化，“仰承汉唐，荟萃中外”，把自己的一生献给了科学事业。

《严谨治学　勇于探索——近代著名数学家华蘅芳》

华蘅芳，中国近代数学家之一。其精通中国古算学，并熟练掌握西方近代数学，是中国验证抛物线并著书立说的参与者。为了证明“外国有的，中国也能造”而鞠躬尽瘁，在引进西方科学技术、传播科学知识上贡献卓著。

《折冲樽俎护山河——近代著名外交家曾纪泽》

曾纪泽是中国近代史上著名的爱国外交家，在中俄伊犁交涉事件中，他秉承抵抗列强、保卫国家的坚定意志，利用外交手段全力同沙俄抗争，捍卫了国家主权、民族尊严，收回了祖国的领土，在近代中国外交史上留下了光辉的一页。

《甲午海战留英名——民族英雄邓世昌》

邓世昌，北洋水师名将。本书以邓世昌的成长过程为线索，以代表性的历史故事为主要内容，还原真实的历史事件，突出鲜明的人物性格。邓世昌因在中日甲午海战中突出的英雄气概而名垂史册，书写了伟大的爱国主义篇章。

《誓与舰队共存亡——北洋水师提督丁汝昌》

丁汝昌处在清朝政府的腐朽和李鸿章的专断下，难以施展爱国的抱负，壮志未酬，愤恨而终。但丁汝昌为建立近代海军作出的巨大贡献，带领北洋舰队爱国官兵勇抗强敌的英雄事迹，将永远为后代所传颂。

《镇南关上凯歌扬——抗法老英雄冯子材》

1885年中法战争中，年逾古稀的冯子材为抵御外国侵略，勇赴国难，大败法军于镇南关，并乘胜追击，接连收复文渊、谅山等地，从根本上扭转了中法战争的局面，成为近代民族英雄的杰出代表。

《屡败法军逞英豪——黑旗军将领刘永福》

刘永福是黑旗军的创建者，是农民出身的杰出军事家、政治活动家。在19世纪发生的援越抗法、中法战争中，他率部与帝国主义侵略者进行了殊死的战斗，建立了卓越的功勋，成为我国近代史上著名的民族英雄，为后世所景仰。

《矢志变法强国家——戊戌变法领袖康有为》

康有为是清末民初最有影响力的思想家之一。他领导了中国知识界的启蒙运动，掀起了一场自上而下的政体改革。他最早在中国提出了立宪政体和具体的宪政方案，主张在坚持儒家传统和帝制的前提下，学习西方经验，他的进步思想对近代中国具有深远的影响。

《开民智以报国　普新知而图强——戊戌变法思想家梁启超》

梁启超，中国近代史上著名的政治活动家、启蒙思想家、史学家、文学家，戊戌变法领袖之一。本书以百日维新思想家梁启超的成长过程为线索，以代表性的历史故事为主要内容，还原真实的历史事件，突出鲜明的人物性格。

《我自横刀向天笑——维新志士谭嗣同》

谭嗣同在民族危机的严重时刻，投身改革救中国的洪流。为了带给祖国一个光明的未来，紧要关头，他挺身而出，用自己的鲜血激励后人，把宝贵的生命献给了变法事业。

《睡乡敢遣警世钟——用生命警策国人的陈天华》

陈天华是民主革命的活动家和宣传家。他写的《猛回头》《警世钟》等书，起到了革命启蒙的重大作用。为了激发留日学生的爱国情怀，他不惜投海自杀，演出了近代史上感人至深的一幕，给后人留下了难忘的印象。

《革命军中马前卒——民主斗士邹容》

革命乃“至尊极高，独一无二，伟大绝伦之一目的”；它是“天演之公例，世界之公理，顺乎天而应乎人”的伟大行动。因此，必须“仗义群兴革命军”。他激情高呼：“革命独子万岁！中华共和国万岁！”这就是《革命军》的作者，中国近代著名资产阶级革命宣传家邹容。

《休言女子非英物——鉴湖女侠秋瑾》

为民族解放和妇女解放而英勇斗争的秋瑾，冲破封建礼教的思想牢笼，打碎封建精神枷锁，崇仰真理，追求光明，主张共和，坚持男女平等，最终献出了自己年轻的生命。

《血溅校场　杀身成仁——民主斗士徐锡麟》

本书讲述了反清志士徐锡麟弃文从武、投身反清革命事业，最终被清政府杀害的故事。出于对国家的热爱，徐锡麟献出自己的生命，他的事迹将永远激励后人深切缅怀这位民主革命的先驱。

《生可死耳　我志长存——献身民主的禹之谟》

禹之谟，民主革命党人，同盟会会员，近代资产阶级革命家、实业家。1886年，20岁的禹之谟“提三尺剑，挟一卷书”游历四方，研究西方社会政治学说，忧国忧民之心日趋强烈。戊戌变法失败，他丢掉改良幻想，倡革命救亡之说，走上民主革命道路。

《物竞天择　适者生存——资产阶级启蒙思想家严复》

严复是中国近代著名的启蒙思想家、翻译家和教育家。他长期从事教育和翻译事业，为近代中国人才培养和思想启蒙做出了重要贡献，同时他也为中国的翻译事业和中西思想文化交流做出了重要贡献。

《辛亥革命急先锋——资产阶级革命家黄兴》

黄兴，清末民初资产阶级革命家，中华民国开国元勋。黄兴在武昌首义及辛亥革命时期的爱国表现，与孙中山闻名于当时，常被时人以“孙黄”并称。本书以资产阶级革命活动实干家黄兴的成长过程为线索，歌颂了先辈伟大的爱国主义精神。

《矢志革命　百折不回——近代民主革命家廖仲恺》

廖仲恺追随孙中山踏上了创立民国与捍卫共和制的旧民主主义革命

之路；在新民主主义革命时期，他为建立、巩固首次国共合作和实施三大政策，英勇奋斗，为国殉职，洒尽了一腔热血。

《将军拔剑南天起——护国英雄蔡锷》

蔡锷是中国近代史上的杰出军事家、爱国者。他的一生短暂而伟大。辛亥革命爆发，他毅然投身于革命洪流之中，领导云南重九起义，对武昌起义积极响应。袁世凯窃国复辟、恢复帝制的阴谋暴露出来以后，他又毅然举起了武装讨袁的旗帜。

《反帝反封建运动——五四青年的爱国故事》

五四运动是一次伟大的反帝反封建的爱国运动；是一个伟大的历史转折点；是中国人民的斗争从挫折走向胜利的一个关节点，它为中国的前进开辟了一条全新的道路，拉开了中国新民主主义革命的序幕。

《思想自由　兼容并包——著名教育家蔡元培》

蔡元培是中国近现代著名的民主革命家和教育家，一生经历风雨，却始终信守爱国和民主的政治理念，致力于废除封建主义的教育制度，奠定了我国新式教育制度的基础，为我国教育、文化、科学事业的发展做出了富有开创性的贡献。

《为国家争光　为民族争气——中国铁路之父詹天佑》

詹天佑是我国最早的杰出铁道工程师，因主持建造京张铁路而闻名中外，被誉为“中国铁路之父”。他为祖国的铁路事业贡献了毕生的精力。本书向读者展示了詹天佑热爱祖国、科技兴国的辉煌人生。

《实业救国　衣被天下——轻工之父张謇》

张謇是爱国实业家、教育家。他年轻时中过状元。过了40岁，开始投身工商实业活动中，他的名言是“富民强国之本在于工”。在南通，创办大生丝厂、银行等各种实业。并将创办实业的大部分所得投入教育。他的观点是，教育和实业一样，也是“富强之大本”。

《心向革命　追求光明——平民将军冯玉祥》

冯玉祥将军“是一位从旧军人转变而成的坚定的民主主义战士”。

抗日战争期间，他辗转各地，用实际行动积极抗战。日本战败投降后，他为了断绝美国的援蒋内战，又在美国四处演说，揭露蒋介石统治之黑暗，痛斥美国阴谋分裂中国的不良行为。

《刑场上的婚礼——革命烈士周文雍　陈铁军》

周文雍是广州起义的主要领导人之一。陈铁军出身于华侨商人家庭，却毅然投身革命洪流。1928年1月，两人接受派遣，回到广州假扮夫妻从事革命斗争，却不幸被捕。临刑前，两位烈士将敌人的枪声当作自己婚礼的礼炮，用生命和爱情谱写出一曲千古绝唱。

《星星之火　可以燎原——井冈山斗争的故事》

1927—1929年，毛泽东、朱德等老一辈革命家，在井冈山创建了农村革命根据地，进行了艰苦卓绝的斗争，建立了新型革命武装，点燃了工农武装革命之火，找到了农村包围城市最后夺取政权的中国革命的正确道路。

《新民学会的主要发起人——中国共产党早期革命家蔡和森》

蔡和森青年时期曾与毛泽东等人一起组织进步团体新民学会，参加五四运动，并在赴法国勤工俭学时研读大量马克思主义著作，回国后以满腔热忱投身革命事业，成为中国共产党早期重要的理论家和宣传家。

《威震黄浦江畔　高奏抗日壮歌——一·二八淞沪抗战》

面对日本侵略者的挑衅，十九路军在蒋光鼐、蔡廷锴的带领下，高举义旗，奋力一搏。一·二八淞沪抗战，是中国军人捍卫军人荣誉和祖国尊严所发出的吼声，谱写了一曲抗击日军侵略的英雄壮歌。

《将军恨不抗日死——慷慨就义的吉鸿昌》

在国难深重的20世纪30年代，吉鸿昌将军因拒绝执行国民党指示，坚决不打内战，被迫携眷出国“考察”。回国后，他加入中国共产党，组织了民众抗日同盟军，英勇打击日本侵略者，后于1934年11月被国民党反动派杀害。

《献身革命 甘于清贫——梅岭忠魂方志敏》

大革命失败后，方志敏凭着“两条半步枪”起家，身经百战，创建了赣东北革命根据地和红十军。本书真实记录了方志敏投身于革命、领导红军和敌人进行艰苦卓绝斗争的经历，歌颂了烈士贫贱不移、威武不屈、献身革命的高尚品质。

《奏响中华最强音——人民音乐家聂耳》

聂耳在他有限的生命中创作了数十首革命歌曲，在抗日救亡运动中，聂耳的这些歌曲产生了广泛深远的影响。他的音乐创作为中国无产阶级革命音乐的发展指明了方向，树立了榜样。

《横眉冷对千夫指——中国文化革命主将鲁迅》

鲁迅不但是伟大的文学家，而且是伟大的思想家和伟大的革命家。在那风雨如晦的黑暗年代里，他以笔为投枪，同一切帝国主义和反动派进行了顽强的战斗，为中国人民树立了一个不朽的丰碑。他是新文化战线上的一面光辉旗帜，是我们伟大民族的灵魂。

《铁流两万五千里——红军长征的故事》

红军长征是人类历史上的一次伟大的壮举。第五次反“围剿”失败后，中国工农红军的三大主力在极端艰难的条件下，突破国民党军队的围追堵截，进行了史无前例的战略大转移，总行程达两万五千里以上。途中发生了许多动人故事，至今令人难以忘怀。

《荣辱不移革命志——创建陕北红军的刘志丹》

刘志丹是杰出的无产阶级革命家、军事家，西北红军和西北革命根据地的主要创始人之一。他一生热爱人民，追求真理，英勇善战，百折不挠，艰苦奋斗，忠心赤胆，为创建红军和革命根据地、为中国人民的解放事业建立了不可磨灭的功勋。

《英名永存北平城——爱国将领佟麟阁 赵登禹》

1937年7月28日，日军向北平郊区发动进攻。第二十九军副军长佟麟阁奉命在南苑率部与日军苦战，腿部受伤，头部被敌机炸伤，壮烈殉国。第一三二师师长赵登禹指挥部队顽强抵抗日军，右臂中弹负伤，仍继续作战。后在转移途中遭日军截击而牺牲。

《八百壮士　四行仓库铸军魂——谢晋元和他的战友们》

八一三抗战，中国军人以血肉之躯揭开全面抗战的帷幕。这是一场血战，是中国军人不屈不挠的英雄诗篇，其中的八百壮士守四行，成为这首英雄颂歌中最动人、最凄美的音符。一曲四行保卫战，铸就了不屈的军魂。

《八女投江　气贯长虹——八位抗联女战士》

抗日战争时期，以冷云为首的东北抗日联军8名女战士，为捍卫民族尊严，面对凶残的日寇，镇定自若，宁死不屈，投江殉国，表现了中华民族同敌人血战到底的英雄气概。她们的光辉形象，激励着千千万万的后来人。

《艰苦抗战　威震敌胆——著名抗日英雄杨靖宇》

杨靖宇将军是我国著名的抗日民族英雄。曾先后担任磐石游击队政治委员、东北抗日联军第一军军长兼政委、抗日联军总司令等职。领导军民对日寇坚持了长达9个年头的艰苦卓绝的斗争，最终以身殉国。

《死也不当亡国奴——镜泊抗日英雄陈翰章》

陈翰章，从1932年8月投笔从戎，直到1940年12月8日为抗击日本侵略者，战死在镜泊湖畔。他在抗日疆场上奋战了九年，他那可歌可泣的英雄事迹将为人们永世传颂。

《名将殉国　气壮山河——抗日将军张自忠》

著名抗日将领、民族英雄张自忠，生于忧患的时代，抱有“宁为百夫长，胜作一书生”的志向，经历过失败与低谷，最终成就了慷慨人生。本书主要以人物活动为主，勾画出一个真正的“民族魂”鲜活的人生，会带给读者振奋的力量。

《宁死不辱战士名——狼牙山五壮士》

1941年日寇在河北易县“扫荡”。为掩护群众和主力部队撤退，五位八路军战士毅然把敌人引上了狼牙山棋盘坨峰顶绝路。弹尽粮绝、无路可退，五位英雄纵身跳下了万丈悬崖，用生命和鲜血谱写出一曲惊天地泣鬼神的壮举。

《太行浩气传千古——抗日名将左权》

左权，中国工农红军和八路军高级指挥员，著名军事家。是八路军在抗日战场上牺牲的最高指挥员。名将阵亡，太行山为之垂首，全党为之悲痛。周恩来称他“足以为党之模范”，朱德赞誉他是“中国军事界不可多得的人才”。

《虎将兴关外　抗倭统雄师——抗联英雄赵尚志》

本书描写了久经考验的共产党员、东北抗联的创建者和主要领导人赵尚志，在艰苦卓绝的条件下，坚持抗战，威震敌胆，战功卓著，忍辱负重，忠贞不屈，为国捐躯的英雄故事，为青少年读者呈上一部爱国主义的佳作。

《黄埔之英　民族之雄——抗日名将戴安澜》

抗日名将戴安澜，先后参加保定、漕河、台儿庄、武汉、昆仑关等战役，作战英勇，屡建奇功；入缅作战，“扬威国外，藉伸正义”；守东瓜，复棠吉；殒身缅北，遗恨丛林，马革裹尸，成就了光辉的一生。

《爱国志士　民主先锋——新闻出版家邹韬奋》

本书讲述了邹韬奋献身新闻出版事业的奋斗历程，展现了一位新闻工作者坚定的革命信念和炽热的爱国主义精神，全心全意为人民服务、为读者服务的奉献精神，歌颂了他的高尚情操和优良品质。

《为抗战发出怒吼——人民音乐家冼星海》

人民音乐家冼星海，青年时期在巴黎求学，饱尝屈辱与磨难；学成后毅然回到多灾多难的祖国，用满腔热忱谱写激昂的音乐，鼓舞中华儿女的斗志；奔赴延安，谱写出不朽的名作《黄河大合唱》，发出中华民族抗日救亡的怒吼。

《全民皆兵　抗击日寇——抗日战争的故事》

中国人民进行的十四年抗战，是一百多年来中国人民反对外敌入侵第一次取得完全胜利的民族解放战争。这场战争是以国共两党合作为基础，有社会各界、各族人民、各民主党派、抗日团体、社会各阶层爱国人士和海外侨胞广泛参加的全民族抗战。

《捧着一颗心来　不带半根草去——人民教育家陶行知》

陶行知是我国现代教育史上伟大的人民教育家、教育思想家。他从青年起就立志献身教育事业，以“捧着一颗心来，不带半根草去”的赤子之心，为人民的教育事业鞠躬尽瘁。

《为民主与和平拍案而起——民主斗士闻一多》

闻一多早年与梁实秋等人发起成立清华文学社。赴美留学期间由对祖国的深深眷恋而创作著名的《七子之歌》。后在西南联大任教8年，积极投身于抗日运动和争取民主的斗争，发表了著名的《最后一次讲演》。

《铁窗难锁钢铁心——革命先烈王若飞》

王若飞是我党早期杰出的无产阶级革命家。在艰苦卓绝的斗争中，他出生入死，屡建奇功，以超人的睿智和胆略，在敌人的监狱中，同敌人展开了殊死的较量，为抗战的胜利和新中国的诞生做出了卓越的贡献。

《横扫千军　还我河山——抗联名将李兆麟》

李兆麟是东北抗日联军创建人之一，他率领抗日联军历尽千难万险与日本侵略者浴血奋战，在极其艰苦的条件下，保存了抗日联军的有生力量，为东北光复做出了重大贡献。

《锄头开出新天地——解放区大生产运动》

为了解决困难，渡过难关，党中央号召党政军民齐动手，开展大生产运动。中国共产党在其控制区域内发动的一场军队屯田和鼓励生产的群众运动，达到了自己动手丰衣足食，共度难关，既进行革命又进行生产自足的目的。

《生的伟大　死的光荣——女英雄刘胡兰》

刘胡兰，坚贞不屈的少年女英雄。生前对我国劳动人民的解放事业无限忠诚，在敌人威胁面前，大义凛然，毫无惧色，英勇牺牲，表现了共产党员的高贵品质。

《饿死不领美国救济粮——爱国知识分子的楷模朱自清》

朱自清作为爱国知识分子的典型，以锐利的笔锋直言痛斥反动政府的暴行，体现了他崇高的爱国情怀和不畏恶势力的精神品格。毛泽东曾给朱自清先生以高度评价："一身重病，宁可饿死，不领美国的'救济粮'"，"表现了我们民族的英雄气概"。

《为了新中国前进——舍身炸碉堡的董存瑞》

伟大的英雄，中国人民的儿子董存瑞，从儿童团长成长为一名光荣的解放军战士，在1948年解放隆化县城时，舍身炸碉堡，为新中国献出了自己年轻的生命。他的英雄形象永远留在人民心里。

《宁死不屈的共产党员——革命烈士江竹筠》

江竹筠，就是著名的江姐。1947年春，她负责《挺进报》工作，只几个月的时间，报纸就发行到1600多份，引起了敌人的极大恐慌。由于叛徒出卖，江姐不幸被捕，惨遭毒刑的残酷折磨，仍坚贞不屈。最后被特务秘密枪杀，年仅29岁。

《抗美援朝　保家卫国——志愿军的战斗故事》

抗美援朝战争是中国人民志愿军为援助朝鲜人民、保卫祖国安全，与美国为首的"联合国军"发生的战争。在朝鲜牺牲的志愿军烈士们，他们英勇的战斗事迹、保家卫国的精神值得我们发扬光大。

《上甘岭上壮烈歌——黄继光和他的战友们》

在1952年10月的上甘岭战役中，黄继光和他的战友们在零号阵地半山腰被敌机枪火力点压制，此时，黄继光身上已经多处负伤，手雷也已全部用光。为了完成任务，减少战友的伤亡，他用自己的胸膛堵住正在扫射的敌机枪射孔，为反击部队扫清了前进的道路。

《诗书印画　全入神品——国画大师齐白石》

齐白石出身贫寒，做过农活，当过木匠，后改学雕花木工，从民间画工入手，摹古人真迹，学诗文书法，融汇古今，而诗、书、印、画俱佳；他将中国画的精神与时代的精神统一得完美无瑕，使中国画得到国际的重视，无愧于“国画大师”的称号。

《毕生为文化而奋斗——中国第一出版家张元济》

张元济参与、主持和督导商务印书馆近六十年，使其从简单的印刷企业转变为当时中国教育出版的旗帜。张元济一生爱书，在中华大地动荡不安的年代里，他用自己对文化的热爱，续存着中华民族灿烂悠久的文明之光。

《独树一帜　梨园大师——著名京剧表演艺术家梅兰芳》

梅兰芳，京剧大师，演唱风格独树一帜，世称“梅派”。曾先后赴日本、美国、苏联演出，并荣获美国波摩那学院和南加州大学的荣誉文学博士学位。作为一位爱国者，抗战期间蓄须明志，拒绝为日本人演出，为后世称颂。

《华侨旗帜　民族光辉——爱国侨领陈嘉庚》

陈嘉庚是著名的爱国华侨领袖、企业家、教育家、慈善家、社会活动家。他为辛亥革命、民族教育、抗日战争、解放战争、新中国的建设做出了卓越的贡献。生前被毛泽东誉为“华侨旗帜、民族光辉”。

《向雷锋同志学习——伟大的共产主义战士雷锋》

雷锋，一个平凡而伟大的共产主义战士，一心向着党，一生秉承着全心全意为人民服务、无私奉献的崇高思想；发扬刻苦学习和钻研理论的“钉子”精神；坚持勤俭节约、艰苦奋斗的优良作风。毛泽东为其题词：“向雷锋同志学习。”

《人民的好公仆——县委书记的好榜样焦裕禄》

焦裕禄，被誉为县委书记的好榜样。他用自己的革命精神，展开了与大自然、与社会落后现象、与病魔的多重抗争，让我们领略到一个共产党人的生之伟大、死之壮美的人格品质和具有现实教育意义的精神魅力。

《文学巨匠　京味大师——人民作家老舍》

老舍是我国现代小说家、文学家、戏剧家。他用融入骨髓的真诚文字反映生活的喜怒哀乐。老舍的一生，总是在忘我地工作，他是文艺界当之无愧的“劳动模范”，生前被北京市人民政府授予“人民艺术家”的称号。

《革命老人——无产阶级教育家徐特立》

徐特立是一代伟人毛泽东的老师。他出生在贫苦家庭，大部分时间生活在动荡艰苦的年代；他刻苦勤奋，不畏艰辛，追求光明，一生勤俭，为革命培养了大量的人才；他对党和人民任劳任怨，鞠躬尽瘁。他坎坷奋斗的一生，留下了许多可歌可泣的故事。

《人生能有几回搏——新中国第一个世界冠军容国团》

容国团先后担任中国乒乓球队运动员、女队主教练。获得1959年男子单打世界冠军；1961年夺得男子团体世界冠军；作为中国女队主教练，1965年率女队第一次夺得女子团体世界冠军。他的“人生能有几回搏”的豪言，举国传诵。

《石油工人一声吼　地球也要抖三抖——铁人王进喜》

王进喜，新中国第一批石油钻探工人。他为祖国石油工业的发展和社会主义建设立下了不朽的功勋，在创造了巨大物质财富的同时，还给我们留下了宝贵的精神财富——铁人精神。他被评为“百年中国十大人物”，写入中华民族的光辉史册。

《做人民需要我做的事——著名地质学家李四光》

李四光是一位伟大的科学家，他一生从事地质学研究工作，足迹遍布祖国的山川，为祖国探明了许多地下宝藏；他创建了崭新的学说——地质力学；他历尽重重困难，为正确认识地质构造开辟了一条新路。

《中国化学工业的先驱——著名化学家侯德榜》

为摆脱纯碱需要进口的窘况，20世纪初，怀着“实业救国”梦想的中国化工先驱侯德榜等人创办了永利碱厂，并立志生产出中国人自己的碱。1926年，永利碱厂终于成功地生产出“红三角”牌纯碱，从此中国制碱业得以跨入世界先进行列。

《毕生求是　一丝不苟——著名科学家竺可桢》

著名科学家竺可桢献身科学研究；治学严谨，一丝不苟；一生廉洁，两袖清风；作风民主，爱护学生。他以爱国之心、报国之志，从一个民主主义者逐渐成长为一个共产主义战士。

《热爱自然的大地之子——著名植物学家蔡希陶》

蔡希陶，五十载风雨，五十载坎坷，五十载奋斗，五十载开拓，为了发现对人类生产、生活有用的植物及新物种的引进而做出巨大贡献，在中国的植物资源学史上将永远镌刻着他的名字。

《高洁无私的襟怀——知识分子的楷模蒋筑英》

蒋筑英是中国当代知识分子的先锋典范，他不为名，不为利，尊重科学；他以坚忍的毅力和顽强的作风，在科学的道路上呕心沥血，鞠躬尽瘁，无私地奉献了青春和生命。

《迎接新生命的天使——卓越的妇产科专家林巧稚》

林巧稚是国内外享有盛誉的妇产科专家。在五十多年的医学教育和临床实践中，林巧稚亲自接生了五万多婴儿，治愈了数千病人，培养了数以百计的专门人才，为我国的妇女儿童事业做出了不可磨灭的贡献。

《独自成千古　悠然寄一丘——国画大师张大千》

张大千是20世纪中国画坛最具传奇色彩的国画大师，无论是绘画、书法、篆刻、诗词无所不通。在艺术界深得敬仰和追捧，艺术家们用真挚的感情，用绘画和雕塑展现了“张大千”多彩的艺术形象。

《建造中国的通天塔——著名数学家华罗庚》

中国当代著名数学家华罗庚，为中国数学的发展做出了无与伦比的贡献，他是中国解析数论、典型群、矩阵几何等多方面研究的创始人与开拓者，也是我国最早将数学理论研究与生产实践紧密结合的科学家。

《问鼎长天　强我国威——两弹元勋邓稼先》

邓稼先是我国著名科学家，参加组织和领导我国核武器的研究、设计工作，从对原子弹、氢弹原理的突破和试验成功及其武器化，到新的核武器的重大原理突破和研制试验，作出了重大贡献。是我国核武器理论研究工作的奠基者之一，被誉为“两弹元勋”。

《敢叫天堑变通途——桥梁专家茅以升》

中国著名的桥梁专家茅以升从小立志为祖国建造桥梁，经过不懈努力，他不仅设计建造了一座座宏伟壮观、坚固实用的道路桥梁，而且搭建了一座座友谊之桥，为祖国建设作出了卓越贡献。

《蘑菇云之梦——核物理学家钱三强》

被誉为“中国原子弹之父”的核物理学家钱三强，更名后立志于科技报国；24岁投师于世界著名核物理学家居里夫妇；与夫人何泽慧合作，发现铀的“三分裂”“四分裂”现象；统领我国的原子大军，做了大量创造性工作。

《两离桑梓地　满怀雪域情——领导干部的楷模孔繁森》

孔繁森，是一位一尘不染、两袖清风的好干部。两次进藏工作，历时十载，为西藏的建设、发展和稳定作出了突出的贡献。1994年11月，孔繁森不幸以身殉职。人民群众称他为新时期领导干部的楷模。

《摘取数学皇冠上的明珠——著名数学家陈景润》

陈景润是享誉世界的数学家，为了证明“哥德巴赫猜想”，他以惊人的毅力在数学领域里艰苦跋涉，终于攻克了世界著名数学难题“哥德巴赫猜想”中的“1+2”，创造了中国乃至世界数学史上的辉煌。

《学术独步 饮誉四海——享有国际威望的科学家卢嘉锡》

卢嘉锡是一位在国际科学界享有崇高威望的物理化学家、化学教育家和科技组织领导者。1945年，卢嘉锡满怀“科学救国”的热忱回到祖国，对中国原子簇化学的发展起了重要推动作用，他所指导的新技术晶体材料科学研究，也取得了重大成绩。

《德艺双馨 梨园楷模——著名豫剧表演艺术家常香玉》

常香玉1941年赴陕甘演出。1948年在西安创办香玉剧社。1951年为支援抗美援朝，率剧社巡回西北、中南、华南各地演出，以演出收入捐献“香玉剧社号”战斗机一架，素有“爱国艺人”之誉。

《文学大师 激流勇进——著名作家巴金》

本书以巴金生平和主要事迹为线索，回顾和展示现代著名作家巴金的一生，以期让人们看到巴金在这风云变幻的100多年中，有过成功的欢欣，有过屈辱的磨难，有过痛苦的忏悔，有过平静的安宁。巴金的人生，映照着一代中国五四知识分子坎坷而不平凡的命运。

《壮心系科学 孜孜为国昌——理论化学家唐敖庆》

本书讲述了唐敖庆从出国求学、学业有成、回国任教，到服从安排、艰苦工作、刻苦钻研，最终成为中国量子化学奠基者的过程。让人们看到了这位著名化学家的赤心爱国、严谨治学、大公无私的崇高品格和科研上的卓越成就。

《中国导弹之父——著名科学家钱学森》

当第一颗原子弹升空的时候，当中国的人造卫星奏响《东方红》的时候，当中国运载火箭腾空而起的时候，当中国研制的导弹准确命中目标的时候，人们都会想起他的名字：中国导弹之父钱学森。

《中国近代力学的奠基人——著名科学家钱伟长》

钱伟长曾以中文和历史两个100分的成绩考入清华大学。九一八事变后，钱伟长毅然放弃了文科的学习而转为理科。他是中国近代力学、应用数学的奠基人之一，在固体力学、流体力学以及航空航天领域，取得了卓越的成就，为新中国的现代化建设付出了毕生的精力。

《中国光学科学的奠基人——著名科学家王大珩》

王大珩是我国著名的科学家，中国光学科学的奠基人。他先在清华就读，后赴英国求学，学业有成，立志科学救国，其成就享誉神州。他以科学的求是精神和赤诚的爱国情怀，探索着中国光学发展的闪光之路。